あいつは戦争がえり

戸梶圭太
Tokaji Keita

文芸社文庫

主要登場人物

梅津岳人……戦争帰還兵。元通信機器製造販売会社の社員
古東功……戦争帰還兵。元軍用犬のトレーナー
久米野正毅……戦争帰還兵。岡地町署刑事課の警部
小林貢……戦争帰還兵。梅津の戦友
北岡謙太……戦争帰還兵。元兵器製造会社の社員
小桜……岡地町署の刑事
宮脇……刑事課の課長。久米野の上司
保坂……武闘派愛国団体・不死鳥日本のナンバー2
ジャッキー・チャベス……一等軍曹。民間軍事会社ＸｃｏｎＵＳＡの社員
勝野……予備自衛官
大芝……反戦団体『ストップ！　コンスクリプション』のリーダー

◆

兵員輸送機C―5、通称・ギャラクシーの機内スクリーンには、日本で徴兵されてこれからチベットに送られる者たちに向けたインストラクションビデオが映し出され、日本人四十数名全員が、ヘッドフォンを装着してそのビデオを見ていた。

―チベットには長い歴史があります。中国にも長い歴史があります。そしてまたチベットと中国の紛争にも長い歴史があります。

3D地図を前にして、視聴者たる男たちの性的欲望を決して刺激しない整った顔だが痩せすぎな三十代の女が話している。

―それらの長い歴史をあなたがたが、今ここで学ぶ必要はありません。あなたがたは歴史を学ぶためにチベットに向かうのではありません、虐げられているチベットの人たちを暴力と恐怖から解放するために向かうのです。

【暴力と恐怖からの解放】というキーワードがスクリーンに映し出され、網膜に焼きつけるように赤く点滅する。

―米国および日本の軍事介入を招くきっかけとなったこの動画を、みなさんもすでにごらんになったでしょう。

小画面でその動画が映し出された。小さくても、そして何度見ても吐き気がしてならかつぞっとする。動画を手で示して女が言う。

—これが現実であるか、それとも中国が主張している（テロリストによって作られたCG）であるかを、あなたがたが考えて判断する必要はありません。それは無意味な行為です。

【無意味】というキーワードが点滅する。

—戦地において意味のある行為とは、「仲間とともに、あなたがなすべきことをする」。これだけです。すべての個人が、余計な思考、無意味な衝動的行動、または幼稚な自己承認欲求などにとらわれることなく、その時なすべきことに全力で集中することが、唯一絶対なのです。

がくん、と機体が大きく揺れ、男たちの目に不安が浮かんだ。

「高山の乱気流だ。気にするな」航空輸送班の自衛官が言った。「ビデオに集中しろ」

—チベットの平均標高は４０００メートル以上です。みなさんが軍事訓練を行った北カリフォルニア山脈よりも高いです。このような高山では人間の脳の活動は低い土地にいる場合にくらべて著しく制限されます。それはつまり、生存と、くだされる命令の理解とその遂行以外の余計なことに費やす容量はないということであります。

梅津から少し離れたところに、小林が座っている。ともに北カリフォルニアで訓練を受けた仲間だ。同じ小隊に配属されてこれから一年間、行動をともにする。

くそっ、一年だと⁉　なんだそりゃ。

国はさらっと兵役期間を一年と決めやがった。ちゃんと考えて決めたのか？　それより前に紛争が治まることはないのか？　一年間、自分で物事を決めて自由に行動することすらできないのだ。囚人でさえトイレに行きたくなったら手をあげて看守に「用便願います！」と言えばトイレに行けるのに。

国は俺から一年という膨大な時間を奪いやがる。しかも「その時々の情勢によって兵役は自動的に延長されることがある」という条文までおまけにつけた。

俺が何をした？　悪いことなんか何もしていないのに！　国はいつだって立場の弱い人間から搾取していく。ついに命まで搾取し始めた。

まるで怒りの念が伝わったかのように、小林がこちらを振り向き、目が合った。すでに半分死んだような目をしていた。だが、残りの半分はまだ生にしがみついて、帰りたがっていた。

―おのれのなすべきことにのみ集中していれば、一年という期間はあっという間に過ぎてしまいます。兵役が終わった時、あなたがたはこれまでとまったく違う、ひと回りもふた回りも器の大きな人間になっていることでしょう。

ほざいてんじゃねえ、こっちは生きて帰れるかどうかもわからないんだぞ、ひと回りもふた回りもあるか。

がくん！　とまた機体が揺れた。

吐き気がこみあげてきた。

突然ビデオの画面が明るくなり、勇ましい感じの音楽が流れ出した。どこかで聴いたことがある。そうだあの映画だ。なんだっけ、人類と巨大昆虫が戦う……『スターシップ・トゥルーパーズ』だ。

吐き気がよりひどくなった。

—それではこれより、皆さんが見知らぬチベットの高地で共に作戦行動を行う頼もしい仲間たちをご紹介しましょう。作戦の総指揮を執る米国第75レンジャー部隊のマイケル・D・ヒックス大佐と、チベット民兵軍『チベット輝く丘』の代表・ツェドゥン氏です。

チベットの雄大な景色をバックに、二人の男が画面の左右から同時に出てきた。まずヒックス大佐にズームする。

—ニッポンのミナさん、コンニチハ！

最初の挨拶だけは日本語で、後は英語で日本語字幕だった。

—ハイ、ガイズ！　このビデオを観ている皆さんが選ばれたとても優秀な日本国民であることを私はよぉく知っています。私たちの自由と正義を守る戦いに参加してくれることを心より感謝し、歓迎します。レンジャーはジャパンを愛している！

機内の男たちはひたすら静まりかえっている。

―もちろん、あなたたちは民間からヘッドハントされた非戦闘員である。だが、そんな君たちも自分の身を守るためには、こいつが必要だ。

大佐が画面の外から自動小銃を取り出した。

―こいつの扱い方はみんな習ったよね？　設計したのはわれわれのかつての敵、君たちのかつての悪友であるドイツ人だが、やつらは実に良いキックアスウェポンを作れるんだ。もちろん、日本の法律上、君たちは非戦闘員であるけど、人民解放軍や彼らの手先のゲリラにとっては、そんなの関係ないんだ！　あいつらにとっては攻撃して排除すべき異物なんだ。そのことを頭に叩き込んで、決して忘れないでくれよ。最終的に君の身を守るのはこいつだ！　訓練で習ったことを忘れず、上官を敬い、仲間を気遣い、恐怖に負けない強い心を持てば、どんな敵がきたって君たちは必ず勝って、祖国に帰り、愛する者たちと再会して永遠の幸せを手にできるのさ！　そうだろう？

このビデオは俺向きじゃない、と梅津は思った。俺には愛する者などいない。生きて帰って再会したい者などいない。ただひたすら死にたくない、それだけだ。生き延びて国に帰ったら、ふたたび国に見つかって戦争に駆り出されることのないよう、名前も、顔も、必要なら性別だって変えて姿を永久にくらましてやろう。

帰ったって生活の保障なんかありゃしないんだ、わかってるんだ、俺には、ここにいるみんなにも。

―それじゃあ仲間たちよ、チベットで会おう！

うそつけ、お前なんかチベットにいないくせに。ジョージア州フォートベニングの連隊本部の、冷暖房とサウナと専用シャワーと専用トイレの完備されたオフィスで人工衛星から送られてくる８K映像を見ているだけのくせに。

カメラは、今度は左側の人物にズームした

―日本のみなさん、タシーデレー。『チベット輝く丘』の反共戦士たちの代表・ツェドゥンです。

どこの地方かわかりかねる訛りの強い英語だ。

朴訥とした顔と話し方ではあるが、「こいつは絶対に、とてつもない地獄を何度も潜り抜けてきたな」と思わせる異様な空気をまとっていた。常に地獄のアジア方面本部とホットラインならぬコールドラインで接続されているような雰囲気だ。

―今、チベットは死に瀕しています。人民解放軍は、テロリストが外から大量破壊兵器を持ち込んだなどというウソの大義で、チベットの歴史を、今度こそ消し去ろうとしているのです。あなたがた日本人は、ＣＮＮでわれわれの国と民族が潰えるのをビールやコーヒー片手に静観するのではなく、武器を取ってともに戦うことを選んだ。

わたしたちはあなたたちのその選択を、勇気を、未来永劫忘れることはないでしょう。ダライ・ラマ14世はこうおっしゃった。「私たちはみな自由を欲し、個人として己の運命を決める権利を求めているのだ」。その権利を抑圧しようとする者こそ、平和の敵なのです。

皮肉だ。徴兵された俺には個人として俺の運命を決める自由がない。でも、政府が用意した誓約書、あの読む気を失わせる小さな文字がびっしりと詰まっている上に文字が微妙に滲んでいる誓約書をよぉく読むと、俺は徴兵されたものの最終的には説得を受けてそれによって自分が望んで戦いに志願したことになっている。たいしたトリックだ。

—私たちチベット民兵は、あなたがたが見知らぬ土地で迷い、絶望したり自暴自棄になったりしないためのガイドを務め、またいち早く敵の気配を察知するレーダーとしての働きをします。米国レンジャー、日本の優秀な非戦闘員、そしてわれわれチベット民兵がスクラムを組めば、必ずや平和の敵・人民解放軍の身勝手な、唾棄すべき、最低の、幼稚な、臭い、醜い、愚かで浅はかな暴力を排除することができるでしょう。

それではみなさん、チベットで会いましょう！

この男はチベットにいるんだろうか。まぁいたとしてもたぶん会うことはないだろう。最後に映し出されたのはXconUSAという、アメリカ政府と契約している大手民間軍事会社の赤いロゴマークだった。ちなみにこの輸送機にも同じロゴマークが記されている。

ビデオが終わり、画面がただの白くてたわんだ布になった。

機内の赤いランプが三回点滅した。

「まもなくベースキャンプに到着だっ！」輸送班長が怒鳴った。「天候が不安定なため、輸送ヘリコプターへの乗り換え時間は15分しかない。全員指示に従って素早く行動すること！」


五つしかない簡易トイレの前には長蛇の列ができていた。これからヘリコプターに分乗して、それぞれの任地に赴くのだ。長らく個室を占拠していると容赦なく催促の蹴りを食らう。みんな他人に優しくする余裕などない。

順番を待つ男たちの周囲を、荷物を満載したボストンダイナミクス社製の軍用ロボット犬たちがひょいひょいとした動きでせわしなく行き来する。

寒い。そして空気がカラカラに乾いていて、悲しいほどに薄い。今まで人類が一度も立ち入ったことがなさそうな荒涼とした風景がどこまでも広がっている。ここで銃を持ってどこにいるかわからない敵と戦えというのだ。まったく、とんでもないところに送り込まれたものだ。いっそ路上喫煙者とかをわざとバイクで撥ね飛ばして刑務所にでも入っておけばよかったと梅津は後悔した。

「地球と思えない。まるきり別の惑星だな」

後ろに並んだ小林貢が、絶望にまみれた暗い声で言った。

「まったくだ」と梅津は返した。気の利いた言葉など出てこない。そんな余裕ない。

「仲間とはぐれたら、マジで一巻の終わりだな」さらに小林が言う。

「その通りだ」

「絶対に、離れないようにしような」小林が、梅津の肘を軽くつかんで言った。

「うん」

「一年かよ……」

小林の声に泣きが混じった。

「紛争は一年も続かないかもしれない」梅津は言った。

そんな希望にしがみついている自分が、馬鹿で可愛い。

◆

２０１８年６月

中国共産党が、「チベット自治区内で近年反共産党勢力が再び力をたくわえつつある。西側で軍事訓練を受けたテロリストによって外部から核兵器を含む大量破壊兵器が持ち込まれたという確かな情報を掴んだ。われわれはなんとしてもこれを見つけ、回収する」という、かつてのアメリカとよく似た大義を振りかざして史上最大規模の兵力をチベット自治区に投入した。

反共勢力一網打尽、大量破壊兵器発見の名の下に各地で僧侶を多数含むチベット民に対して壮絶な虐殺行為を行い、外国人のチベット領内立ち入りが禁止されていたためにそのほとんどは外部に漏れることがなかったものの、旅行で滞在していてたまたまその場に出くわしてしまった上海からきた中国人観光客が、その徹底して無意味な残虐さに衝撃を受け、令状なしの逮捕も裁判なしの死刑も覚悟の上で録画して、世界に発信した。「私は中国人と言うよりは上海人である。上海人である私は、人間として中国政府のこの行為を許すことができない」という英文が添えられていた。

地べたにずらっと並べた二十人の子供を、家族の見ている前で、戦車のキャタピラーでゆっくりとひき潰し、それればかりか前進と後退を繰り返して念を入れるその残酷動画は、わずか20分で中国以外のすべての国で1億8千万回以上閲覧された。

共産党はこれらについて「すべての残虐行為は、チベットのテロリストが作製したＣＧである。目的は、わが人民解放軍の核兵器の捜索を妨害せんとすることにある」

と断定した。

各国に滞在している中国人の多くも「あれはＣＧだ」と主張した。本気でそう思っているのか、そういわざるを得ないのかは、彼らが早々に本国への帰国を命じられたためにわからずじまいとなった。

残酷動画がＣＧかリアルかを検証する特番も世界各地で放映されたが、どの番組も局の政治的判断によって最終的には「テレビをご覧の皆さんはどう思われますか？」という浅い問いかけによって逃げた。

諸外国のメディアは「共産党は殺人機械となってついにチベットの息の根を止めるつもりだ」「この最終侵略によってチベット民族は地球上から完全に消されるであろう」「今回の大侵略は中国がチベットの地下資源を掘り出す技術を獲得したからだ」などと報じた。

同年７月　国連が中国政府への非難決議を採択。中国はこれを無視し、チベット自治区とインドとの国境線は従来から封鎖されていたがそれに加えてネパール側に、かつてアメリカがメキシコとの国境に設けた壁を上回る長大な壁をわずか18日で建設し、交通封鎖を行う。
米国は即座に中国への経済制裁を行ったが、数年前からアメリカへの経済的依存を段階的に脱していた中国にはさほどの痛手とはならなかった。中国の首相は「わが国を稚拙に挑発する幼稚なまん丸頭の大統領が白痴的に率いている下品なならず者国家には、いつでも核ミサイルのお仕置きをする準備がある」と述べた。

7月末　トランプ大統領がペットの虎二頭にブロック牛肉のおやつを投げ与えながら、米陸軍をチベット解放のため独自に軍事介入させることを勝手に決める。日本の自衛隊にも最低三年間の全面的協力を要請。

飛んでくる火の粉を避けたいヨーロッパと中東の諸国は部分的な物質援助のみ行うことに決めた。

大統領の宣言の二日後、政府はチベットでの作戦展開を、元ネイビーシールズの隊員が社長を務める大手民間軍事会社XconUSAに委託すると発表。契約金の額は明らかにされなかったが、最低でも3500億ドルはくだらないと各メディアは予想した。XconUSAは、過去にイラクのバクダッドで道を歩いている民間人や民間人の車をターゲットにして射撃訓練を行い200人近くを射殺したとされるボイリングブラックという史上最悪の民間軍事会社が前身である。経営陣はすべて入れ替わったものの会社の体質は変わっていないと主張する政治家も多数いたが政府は「問題ない」として契約に踏み切った。そして作戦の総指揮を米国第75レンジャー部隊のマイケル・D・ヒックス大佐が務めることで「戦争を民間に丸投げした」という批判をかわそうとしたが「みえみえで小賢しい」というのが大方の見方であった。

同年8月。自衛隊は前年から各地で多発している地震や、原発での度重なる汚染水流出事故、首都圏ゲリラ豪雨による洪水などの自然災害に対する救助活動、被災地の復興支援と治安維持、さらには東京オリンピックで懸念されるテロに対する警察と連携した準備対策などに忙殺されており、この時期にチベットへの充分な派兵はすべての予備自衛官を招集しても対応困難として、軍事行動に役立つ特殊技能を持つ民間人を非戦闘地域に限って半年〜一年の期間で送り込む**特殊技能民間人非戦闘地域派遣法**の創設を要請。政府はこれをすみやかに検討し、当然反対するであろう野党議員の子供や孫などを交通違反、準強制わいせつ、違法薬物所持、窃盗などの容疑であらかじめ逮捕拘留しておいてからすみやかに強行採択した。

テレビ、新聞、ラジオなどの大手メディアは政府の暗黙の要請により、このことを一切国民に伝えなかった。地方のある新聞社がＷｅｂ記事というかたちでスクープしたものの、記事が出たその日のうちに東京支局長と本社編集長が未成年に対するわいせつ行為の容疑で逮捕され、Ｗｅｂ記事は削除された。またＳＮＳの運営会社にも特殊技能民間非戦闘員に関するキーワードを含む投稿と閲覧ができないよう命令。ツイッタージャパンが命令にあっさり従うと、他の運営会社もそれに倣った。それでも文字改変などで切り抜けようとする者を見つけて逮捕するため、政府から監視業務委託を受けた民間IT業者の社員千数百名が、24時間365日ネットを監視することになり、これが新しい雇用を生み出し、短期間だが失業率が低下した。

8月末、政府に抗議する目的で日弁連の弁護士21人が東京のホテルで会合したが、会合が始まって数分後に警察の特殊部隊が突入、20人をテロ等準備罪容疑で逮捕。残る一人は警官につかみかかろうとして自動小銃によって射殺された。カーペットと壁に血と内臓と脳みそが撒き散らされたために、ホテル側は日弁連にカーペットと壁紙の弁償を要求した。

9月より、**通信**、**建設**、**医療**、**運送**、**通訳**の5つの分野に限って特殊技能民間非戦闘員の選定が候補者のあずかり知らぬ間に始まった。学歴、過去数年間の収入、配偶者の有無、犯歴、職歴、趣味嗜好、SNSの依存度、政治への関心の度合い、健康状態、年金や受信料の支払い状況など、項目は多岐にわたった。選ばれると速やかに本人に知らされた。逃亡を防ぐために告知は常に数名の警察官を同行しての職場や自宅への予告なしの訪問という形が取られた。戦地に送られることに絶望して、オフィスの窓から20メートル下の地面に飛び降りた者もいたが当然「発作的な自殺」として処理された。

特殊技能民間非戦闘員という長たらしい肩書きではあったが、いざ攻撃され戦闘に巻き込まれた際にはただの兵隊となって米兵及びチベット民兵たちとともに応戦する必要があるため、小火器の使用訓練を含めた基本的な軍事訓練を56日間、米国カリフォルニア州の北カリフォルニア山岳地帯で受けた。トレーニングはＸｃｏｎＵＳＡが請け負った。従来の米軍の基礎訓練を簡素化し期間を縮めたものであるが、訓練を受ける者にとって地獄で血反吐にまみれるような経験であることに変わりはなかった。

特殊技能民間非戦闘員の派遣は非戦闘地域に限るという条文には何も法的な効力がなかった。いつどこが戦闘地域になるのか、誰にもわからないのだから。

過酷な訓練中に四名の日本人訓練兵が崖からの転落、拳銃の不適切な取り扱いによる暴発事故、体長3メートルを越す灰色カリフォルニアグリズリーの襲撃、食べられない軍用携行食のチーズ・トリテリーニを喉に詰まらせたことにより死亡したが、死亡手当ては誰にも一銭も支払われることはなかった。特にチーズ・トリテリーニを喉に詰まらせて死亡した訓練兵は、ベテラン訓練教官から「あいつはまれに見るバカだった」と吐き捨てられた。しかし後にこの訓練教官も民間人にフルオート発射が可能なライフルを法外な値段で売って通報され、逮捕した刑事に「こいつはまれに見るバカだ」と吐き捨てられた。

派兵期間中の給与や手当て、帰還してからの社会復帰に関するサポートなどは「現在政府与党内でガイドラインを作成中であるため、決まり次第本人に通達される」とだけ説明された。つまり「急いでいたからまだ何も決まっていない」ということである。いつまでに決めて通告するという見通しすらない。

12月。米軍兵、予備自衛官、特殊技能民間非戦闘員、チベット民兵からなる8177名の混成連合軍が、第一陣としてチベット自治区に投入された。チベット解放を目的としたこの作戦は『オペレーション・グリーンチベット』と名づけられた。

チベットに旅立つアメリカ兵たち、実質は民間軍事会社ＸｃｏｎＵＳＡの契約社員、が勢ぞろいしたところで、以前にもまして頭部がまん丸になったトランプ大統領が二頭の虎を連れて登壇した。虎をシークレットサーヴィスに預けると兵士たちを見回して開口一番「白人はどこだ？」と冗談を言った。ほとんどの兵士が黒人かヒスパニックか中東系だったのだ。

軍事介入してからほどなくチベット民間人への残虐行為の多くが中国軍人ではなく、人民解放軍の支援を受けていると予想される親中チベット人と、外国人にとってはチベット人と見分けがつかない国籍不詳の謎のアジア人民兵の手によって行われていることがわかる。ゲリラは一般市民の中に紛れ込み、広範なスパイネットワークを形成していた。

米国防総省は明確かつアピール度の高い戦闘成果が得にくく、戦闘が当初の予想よりも長引くことを懸念し、中国人民解放軍の目的が米国軍を疲弊させ軍事費を増大させてアメリカの国力を弱めることにあるのではないかと疑った。トランプ大統領の熟慮という単語を知らないすみやかな決断によって、白人から優先して米兵の30％を帰国させることが決定され、かわりに日本政府へ特殊技能民間非戦闘員の大幅な増員をただちに要請。

政府はまたもやすみやかに要請を検討し、非戦闘員の特殊技術分野に「清掃」と「調理」を加えて7分野とし、さらに「**その他**」という強力無比な3文字を加えることで必要に応じて実質的にはどんな民間人でも徴兵可能とした。特殊技能民間人非戦闘地域派遣法はすみやかに改定、施行された。

そのような歴史的な大事変が起きているにもかかわらず、その頃日本国内でももっとも国民の関心を引いていたのは、消費税が12％にまで引き上げられたことと、元アイドルグループの主要メンバーだった二十歳の有名女優が15歳と14歳の未成年男性アイドル2人および所属事務所の60歳の社長と社長室で覚せい剤その他数種類の違法薬物とアルコールを服用して乱交におよび、未成年アイドルの一人が発狂して、社長の男性器を模って作られた銅製の灰皿で社長の頭を、原形をとどめないほど破壊したという事件であった。社長が乱交の様子を8K録画しており、どういうルートでかわからないが動画投稿サイトに投稿されて日本のみならず世界に拡散し、歴史上もっとも有名な8K高画質ポルノスプラッター動画として認知された。

米国の介入以後、チベット自治区での戦闘は不透明化して国防総省が予想したよりも深刻な非活性状態にはまっていた。チベット民への残虐行為はより過激かつ陰湿化しており、大統領への報告書には100年前に書かれたH・P・ラブクラフトの小説から引用した「狂気の山脈」という言葉も使われたが、もちろん大統領がその文学的引用に気づくはずもなかった。

連合軍側の米兵に死者が出るケースは少なかったが、日本人の特殊技能民間非戦闘員とチベット民兵の死者は月平均13～18名とかなり多かった。これは戦闘経験の不足と、ゲリラが米国人よりも、米国人のいいように使われているアジア人をより憎悪して狙うからではないかという説があった。

「いいことじゃないか」と大統領は軽く流した。

また、MIA（戦闘中行方不明者）も多数だ。チベットの大自然は人間を飲み込んでしまうのだ。

◆

梅津岳人《うめづたけひと》は交通費を節約するために、一時間に一本しかない墓地へ向かうバスに乗るのを止め、歩くことにした。空は曇っているが降り出しそうな気配はない。行きも帰りもバスを使わずに歩けば460円節約できる。到着はだいぶ遅れるが、死人は時間に縛られないのでいくらでも待ってくれる。

人気のない駅前ロータリーの、枯れた花しかない植え込みの縁石に腰掛けてブーツの紐を結びなおす。ちょっとした儀式のようなものだ。黒のベイツ社のタクティカルブーツはだいぶ汚れてきたし、アウトソールの踵は削れてきたがまだまだ履けるし、もはやこれ以外の履物だとトイレスリッパで歩いているような頼りなさを感じてしまう。このブーツはベイツ社のロゴのみならず民間軍事会社XconUSAのロゴがアウトソールにさりげなく刻印されている限定コラボモデルである。といってもどれほどの希少価値があるのかはわからないが。

フリマで買った500円のリュックを肩から外して、中から2リットル入りのペットボトルを取り出して100ccほど飲んでからリュックに戻し、背負いなおして出発した。急ぎすぎず、かといってのんびりということもないペースで機械的に足を動かす。

昨夜の夕食後に飲んだ血圧降下剤の効果がまだ持続している。このまま夜まで飲まなくても大丈夫だろう。

かつてはそれなりに栄えていたであろう駅前商店街も、今は営業している店舗を見つける方が難しくなっている。シャッターがたくましい雑草に覆われてしまった店舗も多い。

無数の錆びたシャッターにおびただしい数のポスターが貼られている。

チベット戦争に手を貸すな！

日本の国益が最優先！

民間人徴兵法案は絶対廃案！

国民に血を流させるな！

それらの古いポスターの上に新しいポスターが貼られている。

チベットから即時撤退せよ！

XconUSAの戦争犯罪を日本の法で裁け！
政府は帰還兵の社会復帰支援を充実させよ！
戦争与党をただちに解体しろ！
勝てない戦争に血税を使うな！

頑張ってたくさん貼ったようだが、いったい誰がこれらを見るというのか。人はいないし、唯一この道を歩いている人間である梅津も、単に視界に入っているというだけだ。

たかが紙なんかをたくさん貼って、それで何か世の中が変わったことが人類の歴史で一度でもあったのだろうか、とふとそんなことを思った。

ひときわカラフルなポスターが目に飛び込んだ。

WAR MACHINE NEVER STOPS!（戦争機械は止まらない）と血のような赤い文字で大書されていた。

梅津のブーツとそっくりな形で、足首部分に原子力マークのあるブーツが赤ん坊を踏み潰しているイラストが添えられている。赤ん坊の腹からは内臓と糞が飛び出していた。

商店街の出口が見えてきた頃、背後でカランという音がして梅津は足を止め、膝を落としながら振り向いた。リュックの中の水が揺れてちゃぷんと音を立てた。

ふたつの家屋の隙間から黒い猫が這い出てきて、梅津になど目もくれずに車道を渡って反対側の家屋に向かう。

梅津は鼻から息を大きく吸い込んで、ゆっくりと吐き出した。

ここは戦地ではない。いるのは野良猫か、年老いた偏屈老人くらいなものだろう。

しかし音が聞こえると考えるよりも先に体が反応する。そうでないと生きていけない環境に長らく身を置いていたからだ。

帰国してから11ヶ月経ったが、梅津にはもはやこの国が自分の国であると感じられなかった。その暗い思いは日増しに強くなり、薄まる見込みはまったくない。自分の居場所がない国のために、自分は命を張ったのだ。

まったく同じことを自殺した小林も言っていた。自殺する半月前、あいつの生き甲斐といってもよかったSNSのアカウントが更新されなくなり、こちらが送ったメールも届かず、電話にも出なくなった。心配になって様子を見に行って、大家とともに第一発見者になってしまった。

小林はコタツの中で左腕の血管を縦に裂いて失血死していた。壁に飛び散った血がこびりつき、部屋の床全体が赤黒いカーペットを敷いたかのようなありさまだった。遺書はなかった。

横臥死体を目にした時の大家の言葉が、今も生々しく耳に残っている。

「帰還兵め」

見るからに人の良さそうな大家が、口の中に飛び込んだ他人の汚物について話すかのような口ぶりでそう吐き捨てたのである。耳を疑った。

「おいっ」梅津は大家の肘を掴み、言った。「なぜそんなことを言う。ひどいじゃないか」

大家は謝らず、梅津の手を振り払い言った。

「ひどいだと⁉　ひどいのはどっちだ、俺は断ることもできたのにこいつに部屋を貸してやったんだ、その恩に対する報いがこれか！」

「あんたに小林の苦しみはわかりっこないよ」梅津は言った。「こいつは好きで戦争に行ったんじゃない、行かざるをえなかったんだ。一年兵役に就いて帰国したら、精神不安定だからって理由で月に一度の娘との面会を妻に断られて、それに対して抗議したらたったの3日で接近禁止命令が出された。そんな目に遭って死んだ人間に、少しは哀れみの心を持てないのか」話しながら、いつの間にか涙が流れていた。

大家は目をそむけ、何も言わずにスマホで警察に通報した。梅津の言葉は届かなかったのである。

警察が到着すると、いろいろと訊かれた。呆れたことに質問した若造の警官は民間人特殊技能非戦闘員制度のことさえろくに知らなかった。

「じゃあ、しばらく戦争に行ってたんですね」若造警官が露骨に死体から目をそむけつつ言った。

「戦争しに行ったんじゃない。技術支援しに行ったんだ」

何度も言わせるなど言いかけたが、こいつに言ったのは初めてだ。

「技術支援、ですか」若造は興味なさげに復誦した。

「通信機器のプログラミングやメンテナンスだ」

実際には通信傍受も通信妨害も通信インフラの破壊にも従事して、通信ケーブルだと思って破壊したものが唯一の水道管で、何十人もの村人を脱水症状に追い込んでしまったというアクシデントもあったりしたが、それを目の前のこいつに打ち明けてもなんにもならない。

「でも銃は持っていったんでしょう?」警官が訊いた。

「当たり前だ、いつ村人に偽装したゲリラに襲われるかわからないんだ」

「ですよねぇ、大変でした?」

場を和ませるために訊いたのかもしれないが梅津はちっとも和まなかった。

「お前なんかと話しても時間の無駄だ」

梅津が言うと、警官の顔から表情が消えた。

「原状回復にどれだけ時間と金がかかると思ってるんだ、まったくバカもんが、こっちはとんだ迷惑だ」

大家がスマホで誰かにアグレッシブに愚痴っていた。相手は妻かもしれない。

梅津は若造警官を押しのけ、三歩大またで大家に近づいてから右足を胸に引き寄せて彼の腰に蹴りをぶち込んだ。大家は吹っ飛んで血染めの床に転倒して「ひいいいんっ！」と冷たくか細い悲鳴を迸らせた。

「こんな狭くて古い部屋で月６万もむしりとっておいて被害者面してんじゃねえ！」

梅津は傍にあったミルク鍋を掴んで大家に投げつけた。若造警官が「やめなさい！」と梅津を後ろから羽交い絞めにする。

「あいつを現行犯で逮捕しろ！　俺に暴力をふるった！　頭のおかしい帰還兵だあっ」

「黙れこの野郎っ！」

梅津は若造警官を引きずりながらもう二歩歩いたが、大柄な警官がもう一人止めに入って進路を完全にふさがれた。大家はまだわめき続けている。

「俺はもう二度と帰還兵に部屋は貸さん、とんだ迷惑だっ。戦争帰還兵なんかみんな野垂れ死ねばいいんだ、きさまもさっさと野垂れ死にしろおっ！」

そのことがあって二日後に、池袋北口の風俗街で帰還兵の30代の男が、連れ立って職場に向かっていた風俗嬢二人に原付バイクで突っ込んで大怪我させせ、かけつけた見習いホストの若者の腹を出刃包丁で刺し、それから奇声を上げながら包丁を振り回して駆け回り警官2人を含む4人に重軽傷を負わせた。

あの事件のあとだったら梅津も即逮捕されて拘留されていたろう。逮捕された帰還兵は特殊車両隊の所属で梅津と面識はなかったものの同じ時期に戦地にいた。調べに対して「すべてを失い、もうどうにでもなれと思った」と言ったそうだ。

なぜまた思い出してしまうんだ。あんな大家のことなど。こんなに何度も思い出すくらいならいっそ殺してしまえばよかっただろ。

暗い思考を振り払い、歩いて墓地までの距離を縮めることだけに専念しようとした。しかし、それでも記憶や思考がざわざわと脳を乱す。

自分が空気の薄い高地の戦場で何を見て、何を感じたか、本当に理解できるのはともに行動した隊員だけである。その場に居なかった人間にどれほどの言葉を費やして説明したって、伝わるわけがないのだ。

その本当にわかってくれる者は自分より先に逝ってしまった。自殺したら天国にいけないなんてバカなことをぬかす奴がいるが、小林のようなまっとうな人間こそ、他の偽善者どもを蹴散らしてまっさきに天国にいけるべきである。

墓地のある丘が近づくにつれて道はゆるやかなのぼりとなり、次第に勾配がきつくなる。忌まわしい記憶は劣化するどころかより強固になっているというのに、肉体はすみやかに劣化している。股やふくらはぎの筋肉がもう弱音を吐きそうだ。

標高４０００メートルを超えるあの戦地を生き延びた肉体が、祖国の田舎の低い丘を登るのにさえ苦労するとは。

顔をうつむけ、足先50㎝ほどを睨みつつ歩き続ける。

こんなふうに顔をうつむけて行進していたら、どこからか弾丸が音もなく飛来して前を歩いていた予備自衛官の下顎を吹き飛ばしたことを思い出した。

宮崎という名のその隊員は下顎のなくなった口で「はんかえええ！」と絶叫した。「散開！」と言ったのだ。その直後にはるか前方の山から銃声が聞こえた。全員が放射状に散開し、梅津は吹き飛んだ自衛官の下顎の大きなかけらをブーツで踏んでしまった。

そのあとのことを思い返すのは、今日はやめておく。でないとつらいからだ。

墓地にたどり着いても、小林の墓標までまだ遠い。前回は捜し出すのに一時間以上も費やしてしまったが、今回はすんなり見つけたいものだ。

広大な墓地内にぽつぽつと人の姿が見られたが、いずれも遠すぎて小指の先ほどの大きさにしか見えない。

この墓地は金のある者とない者の差が歴然としていて実にわかりやすい。金のない者の墓標エリアは通路が舗装されておらず、なおかつ雑草が伸び放題なのが遠めにもよくわかる。梅津が目指すのはそちらだ。

途中でまたしても誤った通路に入ってしまい、墓標を掻き分けて向こう側の通路に行くという罰当たりな行為を冒すわけにもいかないので、１００メートル以上も引き返した。これがもし戦地ならこういうケアレスミスで小隊が全滅してもおかしくない。先が思いやられる。

未舗装の静かな通路を歩いていると、なぜだかあの人っこひとりいなくなった僧侶の赤い村を思い出した。

〈赤い村〉とは文字通り、３００を越すすべての家屋が赤く塗られた、かつて僧侶だけが住んでいた村である。山の急斜面にへばりついているようなロケーションだった。梅津の小隊を含む四小隊が合同でゲリラを捜索するために村に入った。

路地は狭く、どこを見ても真っ赤で、敵の隠れ場所は無限にあり、クレイモア地雷の仕掛け場所もまた無限にあり、まさに神経衰弱ミッションだった。迂闊に咳でもしようものなら味方に撃たれそうなほどぴんと張り詰めた空気の中で、すべての家屋をしらみつぶしに捜索した。家屋の数に対して偵察ロボット犬の数が足りないので大部分は人間が行わねばならなかった。

まるで、普段通りに生活していて突然巨大円盤に全員が誘拐されてしまったかのように、家屋の中には生活のすべてが残されていた。テーブルに置かれた飲みかけの茶や、ついさっき家主が起きたばかりのような布団をたくさん見た。

家屋捜索中に、家の中で「ぎしっ」とか「ぱきっ」などと音がしようものなら心臓が口から飛びだしそうになったものだ。

三時間半の後、一人の敵と遭遇することもなく捜索を終えた時は皆が今にも倒れそうなほど顔色が悪く、ストレスによって痛めつけられた膀胱や胃袋を空っぽにするために次々と巨岩の陰に駆け込んだ。そしてそこに仕掛けられていた地雷で二人が吹き飛んだ。


ようやく正しい通路に入ろうとした時、墓参りにきていたベースボールキャップに黒いパーカを着た30歳くらいの男とすれ違った。礼儀として梅津は会釈したが、男は無視した。失礼な奴だ。後ろ姿を睨みつけても男には背中で敵意を感じ取るセンサーがないらしく、振り返ったりしなかった。戦地では命を落とすタイプだ。

大量の蚊と得体のしれない羽虫にまとわりつかれてうんざりし、叫びだしたくなった頃、ようやく小林の墓標がある場所についた。

「よお、小林。きた……」

言葉が途中でつかえた。

小林の木の墓標が地面から引き抜かれ、捨てられていた。おまけに執拗なまでに踏みつけられて靴跡だらけだった。そればかりか小便までかけられたらしく、濡れていた。

誰がやったかは置いておき、梅津は墓標の傍に片膝をつき、捨てられた墓標とその周辺の地面から得られる犯人の情報をすべて得ようと脳の回路を切り替えた。怒りに惑わされて得るべき情報を逃してはならない。

周囲の足跡から単独犯であることはすぐにわかった。28センチの靴を履いている。メジャーがなくても自分の指を使って長さを測る方法は戦地で覚えた。ソールのグリップ形状は独特で、Vibramというソールの刻印まで読み取れた。

さきほどの、通路ですれ違っても会釈を返さなかったあの男のビジュアルが鮮やかに浮かび上がった。

梅津は立ち上がり、墓標をそのままにして通路を走り出した。まだ間に合うかもしれない。全力で走ればきっと間に合う。確かめなくては気がすまない。参拝が済んだ者は駐車場にとめてある自家用車に向かうか、バス停で帰りのバスを待つ。駐車場とバス停は離れているので、どちらかを選択しなくてはならない。

あの失礼な男がおとなしくバス停でバスを待ち墓参りに来たシニアたちと一緒にバスの座席で揺られているビジュアルには、説得力がなかった。梅津は駐車場に向かうことにした。バス停よりも遠いのでさらに走らなければならない。

朝、黒ずんだ古いバナナを2本食っただけなので体は軽いがパワー不足は否めない。国のために戦争に駆り出されて何度も命を落としかけて、帰ってきたら食うものにも事欠くなんて誰が想像したろう。「お前が仕事を辞めたのが悪いんだろう」とぬかした奴もいた。

戦争行って死にかけて帰ってきて二、三日休養しただけでまた何事もなく社会に戻れるとでも思ってるのか。

戦争はピクニックじゃない。あんまりふざけたことぬかす奴は殺すぞ。梅津は姿を決してあらわさない無知な一般大衆という敵を、心の中で威嚇した。

↑駐車場この先400m左　と書かれた錆びた案内板が見えた。

もうとっくに行っちまっただろ、という声がした。しかしここで足を止めてしまったらただ無駄に走ってエネルギーを浪費しただけになってしまうし、ずっともやもやしてしまう。考えずに走れ、と自分に命じた。より腕を大きく振ってとにかく走る。緊張と不安で血圧がぐんぐん上がっていくのを感じる。毎日平穏無事に140前後で過ごしたいのに、なぜそれが叶わないのだろう。

平日の午後だからか、広大な駐車場にはわずか十台ほどしか駐車されておらず、その中の何台かは駐車してから数年も経っていそうなほど埃が積もっていて、ワイパーに撤去を要請する紙と不用品買取業者のチラシがはさんであった。車で墓地に来て、駐車場に車を放置して持ち主はどこへ行ったのかと考えると気味が悪い。

心臓を落ち着かせようとしながら首をめぐらせると、一台の車から音楽が流れてくることに気づいた。低音をきかせた不快なテクノだ。

音のするほうに目をやるとホイールをインチアップしたメタリックブルーのダイハツムーヴが視界に飛び込んだ。

ドライバーはスマホをいじっていた。

遠目でも、全体の印象がさっきの男と一致した。梅津は再び走り出した。梅津のタクティカルブーツは普通のトレッキングブーツなどにくらべて走ってもほとんど足音がしない。

10メートルくらいまで近づくと、運転手が間違いなくさきほどの男であることが確認できた。車は練馬ナンバーだった。

大音量でテクノを聞いている男は梅津がすぐ傍まで駆け寄ってきてもまったく気づかずにスマホを睨みつつ、人差し指の先で画面をタップしている。

ウインドウをこんこんと叩いてようやく男はぎくりとして顔を上げた。

ウインドウを開けさせるために、梅津は困ったような笑顔を無理に作らねばならなかった。

「すみませぇん、ちょっとお尋ねしたいんですが」

そういうと、男がウインドウを20㎝ほど下げて（どうかしたのか）と言いたげな目で見た。財布かキーでも落としたのかと思うのはこいつの勝手だ。

梅津はさりげなく、だがしっかりとウインドウに指をかけて訊いた。

「さっき通路ですれ違いましたよね」

「は？」それが男の第一声だった。

「私の友人の墓標が、引き抜かれて捨てられて踏みつけられていたんですが、何か見ませんでしたか？」

「さあ」

それが返答だったが、男の目に恐怖が宿った。

「ちょっと音楽を切ってくれないか」

声のトーンを下げて頼んだが、男は「もう行くんで」と言い、目をそらせた。そしてスマホを助手席のシートに放った。全身から焦り電波とでもいうものを放出していた。

「待て」

梅津は声に暴力行使の可能性をにじませた。それから早口で言う。

「俺の人違いなら、こんなふうに時間を取ったことを心から謝る。だが、俺の友人の墓標が引き抜かれて靴で何度も踏みつけられていたんだ。死んでからもそんな目に遭わされるなんてひどすぎるだろう？　あんたの足は28㎝だな」

「だからなんだよ、28センチの奴なんていくらでもいるだろ！」

わずかな間に男の顔から血の気が失せていた。

「ソールを見せてくれ」努めて穏やかな声で梅津は頼んだ。

「なんで知らない奴に見せなきゃいけないいんだよ！」

「確かにあんたの言うとおりだが、ほんの5秒で終わることだ。もし間違っていたら謝るから……」

男はいきなり車を急発進させた。梅津の腕がぐいっと引っ張られてねじれた。

「待てっ！」

待つわけないとわかっていたが声を上げ、追いかけた。軽自動車はインチアップして向上した運動性能を活かして大きな円を描いてから急激に方向転換して出入り口に向かって猛スピードで突っ込んでいく。

人間の二本の足で追いつけるはずもなかった。あきらめるしかなかった。

車が見えなくなり、スキール音が聞こえ、エンジン音が遠くなり、やがて完全に消えた。

梅津はアスファルトに尻を落とし、それから大の字になって空を見上げた。心臓はまだ走っている。

上空の雲が風に流されていく。

雲も、誰も、その場にとどまれない。流される以外の選択肢がない。

あいつじゃなかったのかもしれない。ようやくその思考が浮き上がってきた。「何か見ませんでしたか？」と聞いた瞬間のあいつの目を見てこいつが犯人だと確信したが、もうわからなくなってきた。

あいつは単に俺のことが気味悪くて怖かっただけなのかもしれない。まぁ、確かに気味悪いし怖いだろう。最近は鏡で自分の顔を見ることもない。見たくもない。

のっそりと起き上がり、元気のない頭髪にこびりついた小石を払い落とし、うめき声を上げて立ち上がった。小林の墓標を元に戻して、綺麗に拭いてやらなければ。それができるのは友達だった俺だけなのだ。

◆

「俺たちがこの村にこなけりゃ、この子らはこんなふうにならなくて済んだのかな」

小林が、村の広場に集められて惨たらしく殺された九人の子供たちの死体を見下ろして、言った。

さらわれた子供たちはマイナス10℃以下の寒さの中で全裸に剥かれて、マチェーテらしき大きな刃物で全身を執拗に破壊されて死んでいた。首が千切れている子もいた。特に顔への攻撃が激しく、徹底破壊されていた。大きな太った蝿どもがはみ出した脳みそや眼球などの柔らかい部分に群がってせっせと卵を産みつけている。

いかなる惨劇にも動じることのないロボット犬のコステロが、広場をひょいひょいと歩き回り警戒と情報収集を同時に行っている。

「気が変になりそうだ」

小林が梅津にだけ聞こえるほどの声で、日本語で言った。まったく同感だった。

この村に、中国軍の手先となって中国軍ですら行わない徹底的な殺戮を行う国籍不明の山岳ゲリラの幹部たちが潜んでいるという情報を元に、米軍兵と予備自衛官と特殊技能民間非戦闘員とチベット民兵からなる混成小隊が潜入したら、村はすでに徹底的に破壊され、燃やされた後だった。

梅津は通信設備破壊のため、小林はゲリラの遺留品の採集のために、命じられてこの小隊に同行していたが、すでに二人の仕事はなさそうだった。

「ゲリラどもめ、破壊と殺戮を楽しんでやがるな」

小隊のリーダーであるチャベス一等軍曹が英語で吐き捨てた。彼はまだ20代後半だがこの小隊を率いていた。貫禄のなさを補おうとするかのように大仰な口髭を生やしている。

　軍曹の言うとおり、確かに楽しくなければここまで残酷なことはできないだろうと思えた。

「みんな、見てのとおりのひどいありさまだが、それでも手がかりは探そう。それが俺たちの仕事だ」軍曹が言った。

「オーケー、今から45分だ」

　軍曹が時間を決め、見張りを命じられた異様に視力の良い二人のチベット民兵を除いた兵士たちが、情報収集のための捜索マニュアルに従って散った。梅津の仕事は敵の通信設備やその残骸を見つけることである。

　たとえ焼け焦げた死体であっても何かを持っていたり、死体の下に重要な遺留品がないとも言い切れない。だが、死体の中や下に爆発物が仕込まれている危険も、もちろんある。仕込まれた死体の見分け方は教わったが、敵も日々進歩し、巧妙になっている。遺留品捜索は常に二人ないし三人一組で行う。その内一人がマイネックス社製の金属探知機を携行する。どんな小さな金属片にも反応するから、捜索はいかにして有用でないものを除外していくかが重要となる。これは経験の豊富な者と行動をともにして自分も経験を積むしかない。

「ウメヅ、お前は俺と一緒だ」若いチャベス軍曹が言った。

ジャッキー・チャベス軍曹はメキシコ人である。チベットに派兵されたアメリカ軍人で、いわゆるアメリカ人らしい白人はごく少数だ。ほとんどが黒人とメキシコ人とアラブ人で、たまに白人がいてもロシア人で、英語すらまともにしゃべれなかったりする。

チャベス軍曹とのマンツーマンは初めてのことだったので緊張し、梅津は「イエッサー」と答えた。

「ゲリラどもは急いで村民を皆殺しにして逃げたようだから、地雷を念入りにしかける余裕はなかったと思うが、それでも用心しろ。あいつらは罠をしかけることにかけちゃ天才だからな」

また「イエッサー」と答え、顔の前を飛び回っている蝿を追い払った。

顔の判別ができない死体をよけたりまたいだりして村を歩き回る。梅津はすぐに発砲できるよう自動小銃を両手で保持していたが、軍曹は接近戦用のM1014ショットガンを早々と肩にかついだ。敵が遠くへ逃げてしまったことを確信しているのだ。

「まったく、嫌な仕事だな」軍曹が言った。

梅津は黙ったまま頷いた。

「それでも誰かがやらなきゃいけない」軍曹の言葉に、梅津はまた頷いた。

「誰かがやらなきゃならないなんて言葉、昔は嫌いだったんだ」

どこを向いても死体と血しぶきだらけの地面を両目でスキャンするように見ながら、軍曹は言った。

「みんなが毅然とノーと言えば、誰も犠牲を払わずに済むんじゃないかと思っていた。でも、現実を目の当たりにして、すぐにそれじゃすまないと気づいた。やっぱり誰かが犠牲を払わなきゃ、悪夢を終わらせることはできないんだ。そして犠牲を払った者には、絶対に、充分な見返りを与えなければならない」

「私にはたぶん、何の見返りも与えられないでしょう」

梅津は悲観的意見を述べた。事実、日本政府は特殊技能民間非戦闘員に対する給与や帰還後の生活保障のガイドラインについて、いまだ何も連絡してこない。それに比べチャベス軍曹は正規のアメリカ軍人ではなくＸｃｏｎＵＳＡの社員であり、給料はこの軍事会社からもらっているが、その給料はアメリカ政府がＸｃｏｎＵＳＡに払った契約金から支払われている。

「まぁそう悲観するな、ウメヅ。日本にも心ある政治家はいるさ」

「だといいんですが……」

「帰還兵代表としてお前が選挙に出たっていいんだぞ」

「ガラじゃありませんね、俺は」

「まぁそうだな。お前は政治家向きじゃない。それにしても、俺たちはいつ人民解放軍の兵隊に会えるんだ？　最大規模の兵力を投入したってのに、まだ一人も見てないぞ。これじゃ中国と戦えない」

「まぁ……チベットはバカ広いですから」と梅津はどうでもいいコメントをした。

「いいこと教えてやるウメヅ、人民解放軍はたぶんもうとっくに引き上げていて、残っているのは奴らに雇われたか志願して武器を与えられた狂人ゲリラどもだけさ」

「でも、大規模な引き上げがあったら、軍事衛星がその様子をとらえたと思います」

梅津の意見に軍曹は首をふり言った。

「これはもはや公然の秘密なんだが、アメリカの軍事偵察衛星の多くが、この二年くらいで相次いで燃料切れを起こして墜落して、今はわずかな数しか稼動していないんだ」

「えっ？」思わず自分の耳を疑った。

「お前の祖国の海にもひとつ落ちたぞ。アメリカが口止めしたから報道はされなかったけどな。人工衛星は燃料を再注入すればまた稼動できるが、とうぜんそれにも金がかかるわけで、その予算が充分に確保できていないのに大統領が戦争にゴーサインを出したらしい。ノーガス、ノーサテライトってわけだ。まったく、俺の祖国が本気でこの戦争に勝つつもりがあるのか疑わしいな。まぁ、会社から給料もボーナスももらっているからこれ以上文句は言えないが……」

今日の軍曹はいつになく多弁だ、と思った時、背後で軍曹を呼ぶ声がした。

「軍曹、ちょっとこっちにきて見てください！」

梅津と軍曹は顔を見合わせ、駆けていった。

軍曹を呼んだチベット民兵のテンジンの足元に、奇妙な物体が落ちていた。

「なんだ？　それは」

「わかりません、さっぱり」テンジンが弱り顔で答えた。

「なんてこった」

梅津にはそれがなんであるかすでにわかっていた。

「これは墓標ですよ」と教えてやった。

「ボヒョーだと？」

「ゲリラの奴ら、墓標まで引っこ抜いて何度も踏みつけて死者までも冒涜しているんだ！」

ひざまずいて墓標を手に取ると、小林貢之墓と刻まれていた。その文字から、赤黒い血がにじんできて、みるみる赤い鮮血となった。梅津の両手が血でぬめる。

「うそだ、ありえない」

またしても血圧が危険なまでに上昇していく。キーンという耳鳴りが襲ってきて視界の幅が狭まる。

「どうした、ウメヅ」と軍曹が訊く。「トークトゥーミー！」

「これは小林の墓標です。おかしい、小林はこの部隊にいるはずなのに、生きているのに……」

小林の姿を捜すと、彼はすぐ傍にあぐらをかいていて、軍用ナイフで自分の左腕の血管を縦にざくざくと切り裂いていた。しゃあああっという音を立てて鮮血が勢い良く飛んでいる。氷点下に近い気温の中で、それは湯気を立てていた。

「こ、小林っ⁉」

梅津の声がおもわず裏返った。

小林が右手のナイフの動きを止めずに梅津の方を見た。何の感情も宿っていない黒いガラス玉のような目だった。梅津の知っている小林は、もうそこにはいない。

「やめろよそんなことっ！」

小林の下顎がかくんと開いて、瞬時に腐って落ちた。下顎に収まっていた舌もぼとりと落ちてだらんとぶら下がった。梅津はせめて腐って落ちた下顎を拾ってやろうと一歩踏み出した。そして地雷を踏んでしまった。

すべてのはらわたがぱーん！　と弾け飛んだ。

胴体から離れてもなお、梅津の頭はくるくると回りながら世界を見て、認識することができた。最後に見たものは……

目が開いた。胸が刺されたように苦しい。このまま死んでしまうのかとさえ思えた。思わず心臓に手を当てて出血がないか確認した。掌についていたのは汗だけだった。眠っている間に大量にかいた汗が冷え切っていて悪寒に震えた。

うめきながら横向きになって、枕元に置いてある降圧剤のタブレットに手を伸ばす。すっかりこれがないと生きていけない体になってしまっているのが哀しくて腹立たしい。

アパートの外で敵の機関銃の銃声が鳴り響いて、伸ばした右手をあわててひっこめた。飛来した弾丸が、身を隠すには頼りない量の木の葉を切り裂き、幹や地面に食い込む音もはっきりと聞こえた。

すでに汗だくで水分などほとんど残っていないにもかかわらず、梅津は恐怖で失禁した。そしてこれは現実ではない、と思った。違う、自分は日本にいる。戦地にはいないんだ。これは幻聴だ。待てよ、本当にそうか？　本当はまだ戦地にいて、日本に戻った夢を見ているんじゃないのか？

「あのくそ岩の上のくそガナー（射手）を始末しろっ！」

チャベス軍曹の叫び声もすぐ傍で聞こえた。軍曹は戦闘が始まると途端に「くそ」を連発する。予期せず始まった戦闘でこちらが不利な状況では特にそうだ。

降圧剤のシートは右手の中にある。こいつを飲めばきっと狂人ゲリラどもは退却するはずだ。血圧が安定している時の俺の戦闘能力といったら、一人でゲリラ50人を挽き肉にできるんだ。本当はできないけど。

錠剤をひとつ口に入れ、枕元に常時置いてあるペットボトルの水で飲み下した。さぁ飲んだぞ！　消えろゲリラどもめ、チベットと俺の頭の中から出て行け！　お前らなんか兵隊じゃない、ただの狂った殺戮者だ。

１０１、１０２、１０３、１０４……１１０……もう大丈夫だ。俺は大丈夫だ。

梅津はタオルケットの中からＨ＆Ｋ・Ｍ27自動小銃を取り出して抱いた。もちろん本物ではない。生き残って日本へ帰還してから秋葉原のトイガンショップで買ったガスガンだ。トイガンとはいえ造りは精巧で、重さも実物の三分の二ほどあり、本物と同じ光学照準器とスリングを取り付けてある。こいつを抱いていると、そこそこの安心感を与えてくれる。買うときにレジで「俺、帰還兵なんです」と申告して特殊技能民間非戦闘員のＩＤのコピーを見せたら少しは割引してくれるだろうかと思ったが、口にできなかった。

「このＭ27の重さは、フェンダーのストラトと同じなんだぜ」と得意げに教えてくれたのはアメリカ軍人ではなく、チベット民兵のテンジンだった。

「ストラトを持っているのか？」と梅津が訊いたら、テンジンは平均よりだいぶ長い前歯をぐわっと剥いて「ストラトもレスポールもアイバニーズも持っている」とにやついて答えた。「俺はギター歴18年さ。ＹｏｕＴｕｂｅに自分のチャンネルも持っていて、いろんな曲のカバーを演ってるんだ」とも教えてくれた。あいつは今、なにしているのだろう。僧侶生活に戻ったのだろうか。

「それはなさそうだな、くそっ！」

突然あることを思い出し、梅津は悪態をついて両手で顔を覆った。

「今日、バイトじゃねえか」

嫌だが、もう起きなくてはならない。満員の通勤電車に乗ると生存のための暴力行使を容認するディスコネクトスイッチと呼んでいるものが勝手にオンになって誰彼かまわず殴ったり蹴ったりしてしまいそうなので、早朝の空いている電車にしか乗れなくなった。

全身の筋肉が、適切に調理されなかった安い豚肉のようにガチガチに固まっていて、さらに背骨と腰骨にも激しく軋むような痛みがある。戦地に居た頃より、帰還してからのほうがひどくなっている。１時間くらい熱いシャワーを浴びたいが水道代がもったいないし、時間もない。

朝食はスクランブルエッグと、ミルクと砂糖多めのコーヒーだ。どちらもまったく味がしない。卵はぶよぶよとした陰気な食感のみで、いつも吐き気がしてくる前にコーヒーで飲み下す。

味覚がなくなったのは、半分は降圧剤の副作用のせいだが、もう半分は生きている実感がないからだ。そうかと思えば聴覚は不必要なほどに鋭敏になった。ちょっとした物音にも心臓が飛び上がる。いっそ耳栓をすればましかと思って試みたが、水中にいるみたいで息苦しくなって血圧が上がるからやめた。

降圧剤を服用してからコーヒーを飲んでも悪影響がないとわかってからコーヒーの消費量が一気に増えた。ほとんど依存症といってもよい。結局バイトに出かける前に四杯飲んだ。

ボロアパートを出て駅に向かう。視界に映る郊外の住宅地の風景はコントラストが低く、魅力も皆無で、自分が今ここに存在しているという実感をこれっぽっちも与えてくれない。いっそすべての住宅が激しく燃え盛って真っ黒い煙の渦を巻き上げていれば、もう少ししゃきっとした気分になれるだろう。

小林の墓標を引き抜いて踏みつけた人間のクズが、その時の画像をSNSに上げて自慢しているかもしれないと思ってスマホで「帰還兵　墓標」で検索したが、何もヒットしなかった。そのかわり「帰還兵　狂った」「帰還兵　神経過敏」「帰還兵　精神異常」「帰還兵　通り魔」「帰還兵　スパイ」「帰還兵　ホームレス」「帰還兵　ショゴス」などの検索予測が瞬時にいくつも出てきて、それが腹立つ。

「……くそがっ」

歩きスマホしたせいでわずかな段差につまずいてすっ転んだ。帰りたくなった。

始発から二本目の電車に乗り、人目を避けるように隅っこの席に座り、大きく脚を広げ「頼むから何があっても俺の傍には座るな、お互いのためだ」という電波を一生懸命放出した。平均的な日本人はこの電波に気づくが、鈍感でバカな奴は平気で真向かいに座ったりする。そんな時は悪態をついて隣の車両に移動する。電車は動く巨大棺おけのようだ。今日の仕事場は遠い。目を閉じて、頭のシャッターも下ろして、何もかもしめ出そう。よれよれのパーカのポケットの中のアーミーナイフを握り締めて温める。

ガツン！

とんでもない大きな音がして、梅津はシートの上で飛び上がった。

見知らぬバカな乗客がスマホを落としたのだ。そいつは拾い上げたスマホを悲しそうな目で見て、指先で画面を撫でていた。

この野郎、ふざけんじゃねえ。スマホをそいつの口の中に叩き込んでやりたかった。

戦地ではたとえ遠く離れた岩陰や茂みの奥からでも敵に視線を投げると感づかれることが多々あったが、この日本の通勤電車ではどんなに敵意ある視線でも気づいてすらもらえない。怒りが血圧を押し上げる。忘れろ、無視しろ、どうでもいいと繰り返し言い聞かせる。いちいち反応するな、ここは日本だ。チベットの戦地じゃない。

ガガーッ！

上りの快速電車とすれ違い空気圧で窓が内側にへこむと、その轟音で吹っ飛ばされたように梅津は床に転げ落ちた。

さきほどのスマホ野郎が「なんて気持悪い奴だ」とでも言いたげな顔で梅津を見ていた。

過酷なチベットの戦地でどれほど高度な通信傍受術や爆薬によるインフラ破壊術や地形読み取り術や天候予測術や遺留品捜索術やサバイバル術を学んだところで、帰還してそれらを活かせる仕事など皆無だった。かつて梅津が8年間在籍した通信機器製造販売会社の梅津の机には、大学出たてで長時間の残業を断れない平和主義者の若者が座っている。

平和な日本では使い物にならない30代後半の中年には、日雇いの力仕事しかないのだ。

今日の日雇いバイトは、明日から三日間開催される北欧アンティーク雑貨展の会場設営である。梅津が生きていくのにこれっぽっちの必要もない寒い国の古いガラクタに数千万円の金が動くのだ。しかし会場づくりを手伝えば数千円の金にはなる。薬を買う金が要る。家賃が要る。

「はい、それじゃあ梅津さんと田口君はオームスン、じゃなくてオースムン&パルのブースね」

原野という、梅津より10歳ほど年下のイベントオーガナイザーアシスタント、長ったらしい肩書きだが要は補佐役だ、が割当表を見ながら指示した。

ペアにされた田口君とやらはまだ二十歳そこそこのあどけなくて暗い顔の、なんとなく見ているといらいらしてくる顔立ちの若造だった。顔をもっと黒くすれば弱くてすぐに逃げ出しそうなチベット民兵に見えなくもない。実際、戦地ではチベット民兵がよくいなくなった。山岳ガイドとしても重要な役目を担っているというのに、勝手にいなくなられて高山で立ち往生して死にかけた小隊の話を何度も聞いた。後につかまって軍法会議にかけられた者もいたが、ほとんどはいなくなったら二度と見つからなかった。それならまだましなほうでゲリラに寝返った民兵もいた。

田口君とやらは「よろしく」も言わないダメな若造だったが、梅津も会話したいわけではないのでそれでよかった。

オースムン&パル社のブース責任者はウェインという黒人のアメリカ人で、日本語は達者だった。この商売を心から愛しているようだった。日本文化愛好家でもあった。ノルウェーの本店から送られてきたブースのレイアウトデザインを「広さをひどく勘違いしている」と却下して勝手にレイアウトし始めた。もちろん、梅津にはどうでもよかった。

大きくて高価な商品の陳列が終わると、小物を出し始めた。小物の中には子供用の知育玩具もあった。恐ろしいほど年季の入った水色の木製の自動車を手にとって眺めているとウェイン氏が穏やかな笑顔で話しかけてきた。

「いいだろう？　それ」

「ええ、いいですね」あいまいな笑顔を浮かべ、それだけ言った。

「梅津さん、子供はいるのかい？」とウェイン氏が訊いた。

「いいえ」とだけ答えて、なおも木製自動車を見つめる。木のぬくもりが指先に心地よい。この玩具の歴史を感じる。

「オーマイゴッド……アイムソーリー」

ウェイン氏がうろたえて突然謝ったので、梅津もうろたえた。

「どうしたんです？」

「涙が……」ウェイン氏が梅津を指差した。

「涙？」

片手で自分の顔を触ってぎょっとした。いつのまにか大量の涙を流していたのだ。ぜんぜん気がつかなかった。

「すまない、訊いてはいけないことを訊いてしまったようだ。許してくれ」

そんな二人のやりとりなどどうでもよさげに田口は木製の赤いヘリコプターの玩具をいじっていた。

「気にしないでください。たまに勝手に涙が出てくるんです」梅津は言って、自動車の玩具を置いた。「ちょっとトイレで顔を洗ってきます」

「ああ、そうしたまえ。ゆっくりでいいからね」とウェイン氏は言った。

ぶうううううん！

突然、あの音が聞こえた。ＲＰＧロケットランチャーの、怒ったスズメバチが突進してくるような独特の飛来音が聞こえ、梅津は爆発と飛び散る金属片から身を守るために地面を蹴ってダイブした。腰が陳列台にぶつかって、合計１００万円を超える高価でデリケートな北欧ビンテージ食器がバラバラと崩れ落ち、砕け散った。

「オーノーッ！」

ウェイン氏が目を剥いて絶叫し、心臓を押さえた。

「神よ、なんということを……」

田口は「こりゃおもしれえことになった」とでもいいたげな、陰湿ないじめっ子みたいな顔でにやにやしていた。こいつの性格がわかった。

梅津は両手をついて起き上がり、自分の勘違いと生存最優先の反射神経が引き起こした経済的大惨事を確認し、田口に近づいた。殺気を感じた田口が後ずさる。まだヘリコプターの玩具を握り締めていた。梅津の血圧が急上昇する。

「きさま……」梅津は暗い声を絞り出した。

「な、なんだよう」

田口は泣きそうな声で言い、周囲に助けを求めるような目を向けたが、周囲のブースはどこも自分のことで手一杯だった。ウェイン氏は「オーマイガッ、オーマイガッ」を連発して泣きながら、四つん這いになってかろうじて割れていない皿を探している。

「紛らわしいことしやがって！」と梅津は言い、拳を固めた。

「何言ってんだよ、あんたいかれてるよ。警備員さーん！」

梅津は田口に掴みかかり、一緒に床に倒れた。

「てめえ頭おかしいぞ！」

田口が手に持ったヘリコプターで梅津の顔を殴った。

ぶざまな取っ組み合いになる。床には大小の尖った破片が散乱しており、田口が

「いってええええ！」と叫んだ。

◆

チベット民兵のミクマルの姿が、ふと気づいたら消えていた。周囲は高さ3メートルを越す灰色の巨岩だらけの歩行困難な場所だった。草も生えておらず、虚ろな死を身近に感じさせる。こんなところだからこそゲリラたちが好んで休息を取るので、梅津たちの小隊はパトロールしにきたのである。

「ガッデム」チャベス軍曹が吐き捨て、「散開して捜索だ。用心しろ。常に仲間を視界にいれておくんだ」と命じた。

ミクマルを見つけたのは、梅津だった。ミクマルはすでに絶体絶命の窮地にいた。どこからともなく現れたゲリラにのしかかられて、今にも心臓に突き入れられようとしているナイフのブレードを、両手で掴んで血まみれになりながら抵抗していた。ミクマルはミリタリーパンツを膝までずりさげて浅黒くて毛深い下半身を露出していた。どうやら仲間に知らせずこっそり用を足そうとしたか自慰しようとしたかで仲間から離れ、一人になったところをゲリラに見つかったらしい。

ゲリラもまた一人で、同じように下半身を露出していた。もしかしたらあいつも同じように仲間から離れて用を足すか自慰しようとしたのかもしれない。

ともに下半身を露出した二人のチベット人が下半身を重ねつつ取っ組み合っているさまはなんとも異様であった。

「ミクマルッ！」

梅津は声をうわずらせ、肩からM27ライフルを外した。

「撃てっ、くそゲリラを殺せ！」

いつのまにか傍にきていたチャベス軍曹が命じた。

「イエッサー！」梅津は小銃を岩のくぼみに乗せ、安全装置を外した。

「クリーンショットを決めろ、ウメヅ」

距離はおよそ25メートル。自信はない。本当は軍曹のショットガンと交換して軍曹に狙撃して欲しいのだが。

「ミクマルーッ、くそ野郎の頭を持ち上げろ！」チャベス軍曹がミクマルに怒鳴った。

ミクマルは右手を敵のナイフから離して、掌底で敵のゲリラの下顎を必死に押し上げる。頭が持ち上がる。

「いいぞ！　撃て、ウメヅ、奴の頭を撃てっ！」

梅津は撃った。銃口から飛び出した5・56ミリ弾は梅津が狙ったゲリラの頭よりかなり下に着弾し、運悪くミクマルの顔に当たってしまった。遠目にも、ミクマルの命の灯が消えたのがわかった。ミスショットで自分が撃ち殺したのだ。

「シット！」

チャベス軍曹が肩からM1014ショットガンを外し、撃ちまくった。2秒半で七発の00バック弾が放たれ、ゲリラも、すでに死んでいるミクマルも、ズタズタになった。そして銃声は遠くの山々にこだました。

「……マザファッカ」

チャベス軍曹は吐き捨てて銃をおろし、梅津に命じた。「ミクマルの認識票を回収して来い。銃声を聞いたゲリラの仲間が様子を見にくるだろうから、急げ」

これが米兵ならば、たとえひき肉のような状態であっても肉片も骨片も内臓もきっちりすべてボディバッグに入れてもらえて祖国へ空輸してもらえるのだが、チベット民兵は認識票を回収された上でその場に置き去りが基本である。死体は鳥が食う。

嫌な命令だが仕方ない。梅津はM27を担いで岩から飛びおり、二体の死体へと走った。近づくにつれショットガンの破壊力を見せつけられた。

「おえええええっ！」

梅津は転び、一時間前に食べたレーションのスラッピー・ジョーを吐き戻した。

「何してる急げっ！」チャベス軍曹が怒鳴った。「自分のケツを蹴れ！」

散弾を食らってぱっくりと弾けた死体から目をそむけつつ、ミクマルの認識票を外すと、つんのめるように走って戻る。

軍曹が両手を腰に当てて「グッド!」と言った。岩によじ登ると、軍曹が手を貸してくれ、引っ張り上げられた。

「認識票はコステロに渡せ」

軍曹が言ったので、梅津はミクマルの認識票をロボット犬のコステロに向かって投げつけた。狙いが上過ぎた。しかしコステロが瞬時に二本足で立ち上がり、左のアームを伸ばして難なく認識票をキャッチすると、それを無数にあるポケットのひとつにしまってまた四本足に戻った。

「さあ、退却だ」軍曹が言った。

「外しました」梅津はかすれた声で自分の失態を口にした。「ミクマルが死んだ。俺が殺したんです」

悲しみはまだ襲ってこない、ただ頭がじいんとしびれている。俺はミクマルの親兄弟親戚みんなから死ぬまで、死んでからも、呪われる。

「ディスコネクト!」

軍曹が怒鳴った。前頭葉を切り離せということだ。人間の殺し方を教わった時にまず覚えさせられたことだ。社会性を司っている前頭葉の接続を切れ。切らないと正気を保てないし生き延びられない局面が戦争には多々ある。切り離せる奴が生き残る。

「もう気にするな。これはクソったれ戦争なんだ！　いつの時代も戦争ってのはこういうものなんだ。こういうものだから戦争はクソったれなんだ」

軍曹は力をこめて一席ぶち、梅津の背中をばしっと叩いた。

「いいか、ウメヅ、仲間に内緒でこっそりマスターベーションしようとして勝手に持ち場を離れると、死ぬぞ」と軍曹は警告し、そしてつけくわえた。「したくなったときは俺に言え。正規軍の奴と違って俺はＸｃｏｎＵＳＡの社員だから、話はわかる方だ」

◆

殺意で目を血走らせた梅津にのしかかられた田口が、床に落ちていた北欧ビンテージスープ皿を掴んだ。偶然にもそれは、数少ない、床に落ちても奇跡的に割れていなかったものであった。

「ああやめろおおっ！」ウェイン氏が英語で叫んだ。

しかし田口はやめなかった。皿を梅津のこめかみに力いっぱい叩きつける。皿が割れ、破片が飛び散り、頭の中で爆発が起きた。

しかし梅津は気を失ったりせず、右の拳を田口の顔に叩き込んで鼻を潰した。もう一発。それから傍に落ちている皿の大きな破片を手にした。それは実に良い具合にナイフのような形をしていた。首の動脈を切り裂くのに都合がいい。

「よせえええっ！」

ウェイン氏が両手で梅津の右手首を掴んだ。

「やめろ！　殺すな！　落ち着くんだ！」

梅津は我に返り、破片を捨てた。そしてウェイン氏の手を振りほどいて立ち上がり、自分のリュックを掴んで背負う。急いで逃げなくては。警察がくる。

「待て、そっちじゃない、階段を使え」

なぜかウェイン氏が小声で言った。そして「こっちだ、ついてこい」と促す。

わけがわからないが、直感を信じて彼の後を追った。

関係者しか知らない非常階段のドアに着くと、ウェイン氏がドアを開けて言った。

「ここから降りて裏口から逃げるんだ」

どうして逃がしてくれるのかわからず、答えを求めて梅津はウェイン氏を見つめた。

「君は帰還兵だろ?」ウェイン氏が言った。「私にはわかるんだ。私の甥っ子もチベット帰還兵で、祖国に帰ってきてからすぐにショッピングモールの駐車場で睨んできたアジア人を撃ち殺して、今は施設で治療中なんだ。一生薬漬けの刑だよ」

その声には、理不尽に対する怒りがにじんでいた。

梅津は「……そのとおりです」とだけ言った。

「君、かくまってくれる友達はいるのか？」

梅津は首を振った。ウェイン氏はため息をついて、尻ポケットから長財布を引き抜くと開け、中に入っていた札をすべて抜いて梅津に差し出した。

「さぁ、これを受け取れ」

「そんな、俺はあなたに大損害を与えたのに……」

「それとこれは別だ。さぁ受け取ってくれ、早く」

梅津は札を取り、ポケットにねじ込んだ。

「君に神のご加護がありますように」

ウェイン氏は言い、梅津を押し出してドアを閉めた。礼を言いそびれた。梅津は手すりを握り締め、非常階段を駆け下りていった。

あのアパートにはしばらく、もしかしたら永久に帰れない。つかまって施設に入れられて一生薬漬けの刑なんてごめんだ。国のために命を削ったのになぜそんな目に遭わなきゃいけないんだ。冗談じゃない。

◆

「さっき、ニュースを読んだ」

(床を拭いた雑巾をフィルターにしてドリップしたような味がする)という評判のインスタントコーヒーを入れたブリキのカップを持った小林が、隣に腰掛けて言った。ニュースとは、ＸｃｏｎＵＳＡが毎日配信しているチベットバトル・デイリーニュースのことだ。各小隊に支給されているタフブックと呼ばれるパナソニック製フィールドコンピュータで読むことができる。

梅津は自動小銃の銃腔を細長い銅ブラシを使ってクリーニングしていた。ご丁寧にクリーニングロッドにまでＸｃｏｎＵＳＡと刻印されている。作業の手を止めずに、訊いた。

「なにかいいニュースはあったか?」

「ＦＢＩが特別チームを結成して、ＸｃｏｎＵＳＡのチベットでの民間人に対する暴力犯罪や性犯罪を調査することになりそうだって」

「それほどいいニュースじゃないな」

「あと、一週間前にさらわれた１０２小隊の予備自衛官が見つかったってよ」

梅津の手が止まった。

「もちろん、生きてはいないだろう?」

小林がいつもの青白い顔でうなずいた。

「素っ裸に剥かれて、首を切断されて、岩の上に置かれていたそうだ。ハゲタカに食わせるためにゲリラがやったんだろうよ。パトロール中の196小隊が見つけて、ハゲタカを追い払って遺体を回収したんだ。発見があと五分遅かったら骨だけになっていただろうってさ。身元確認の決め手はなんだったと思う？」

「歯か？」

「タトゥーだよ。二の腕のタトゥーでわかったんだ。ここに着いてから彫ったものだ」

「へえ」と梅津はまた手を動かし始めた。

「なぁ、梅津。一緒にタトゥーを入れないか？」

梅津は銃身からブラシを引き抜いた。そして言う。

「どうかな、ちょっと気が進まないな」

「159のゴールディーっていう奴がさ、もし入れて欲しいならやってやるぞって言ってくれたんだ」

159小隊はおととい から共に標高3900〜4100メートルの高地でゲリラのアジト捜索の任務にあたっている部隊だ。薄すぎる空気のせいで体力的にきついばかりでまだ収穫はないが、ふたつの小隊は反目もなく仲良くやっていた。

「プロ並みの腕で、チベットに着てからもう100人近くにタトゥーを格安で彫ってるってよ。さらわれた予備自衛官みたいな最後はごめんだけど、何が起きるかわからないだろう。万が一死んで、発見されて首がなかったり顔がぐしゃぐしゃになっていても、仲間に見つけて拾ってもらいたいと思わないか？」

「縁起でもないこと言うなよ」

「万が一の保険だよ」


「一番人気のデザインはこれだな」

この寒い中XconUSAのロゴとマスコットキャラクターの一人である凶悪面のモグラがプリントされたTシャツ一枚しか着ていないゴールディーが、自分のデータモバイラーに保存されている写真を見せてくれた。ちなみにそのデータモバイラーの筐体はチベット出発前に9歳の娘がデコレートしてくれたとのことで、恥ずかしいくらいガーリーな見てくれだった。

「これなら30分程度で終わるし、初心者にもおすすめだ」とゴールディーが言った。

「じゃあそれを」

小林がかるい口調で頼んだ。

「おい、本当にいいのか？」梅津は改めて訊いた。「帰国してから不利益になるかもしれないんだぞ、面接とか、銭湯とかで」

「今の俺には、この戦争を行きぬくことこそが一番大事なんだよ。帰国してからのことより」

確かに、一理ある。

「でも、タトゥー入れたからって生き延びられるわけじゃないだろ？」

「生き延びるためのおまじないさ、俺は彫るよ。お前は？」

「お前のタトゥーの仕上がりを見てから決めるよ」

一時間後、結局梅津も同じタトゥーをひだりの二の腕に入れた。生き延びるためのおまじないを。

「バディだな、俺たち」小林が嬉しそうに言った。

「バディなんだから、俺がゲリラに拉致されたらちゃんと救出しにきてくれよな」

梅津は冗談半分本気半分で言った。

◆

「で、どうなんだ？　調子は」

階級の差を見せつけるように大きくて立派な机の向こうに座っている宮脇が訊いた。

久米野正毅が自動小銃を抱えつつ酸素濃度の薄い高地でも使用できるがやけに重た

い新型火炎放射器のプロトタイプも背負って、「戦闘地域清掃要員」という名称も仕事そのものも格好悪い肩書きを与えられてチベットで命をすり減らしている間に、宮脇は試験勉強をたっぷりやって見事昇進し、刑事課長になっていた。現場に出なくなったことで昔よりもだいぶ太って、悪い意味での貫禄がついていた。頭髪はすっかり薄くなり、そして以前よりも上等な服と靴を身につけているにもかかわらず、全体的に醜くなっている。

「良くはないが、なんとか生きてます」久米野は無愛想な声で事実を述べた。

「そうか、薬をたくさん飲んでいるんだろう?」

「まぁ、そこそこ」

久米野はあいまいに答えた。1日23種類、41錠を飲んでいることをわざわざ教えてやる必要はない。

「頭はぼんやりしていないか?」

実に失礼で遠慮のない質問だ。殴られても仕方ないレベルである。だが「いいえ」とだけ答えた。

「本当か?」

「本当です」

「よし、そうでないと困る。実は久しぶりにお前に担当してもらいたい事件があるんだ」

「俺に？」

正直、驚いた。

宮脇がうなずいて三重顎をつくった。

「心配しなくていい、戦争から帰還してようやく警察に復帰したお前にそんなにヘビーな事件は押しつけないよ。軽い傷害事件だ」といかにも軽そうに言う。

久米野は黙って先を待った。

「やったのは帰還兵だ」

一秒の間をあけ、久米野は言った。「だから俺に担当させるんですね」

「梅津岳人は知っているか？　第２４９小隊にいた奴だ」ファイルのコピーを見ながら宮脇が言う。

「いいえ」

「お前と同じ時期に派兵されている」

「でも知りません」

「そうか。自衛隊に問い合わせたら意外とあっさり情報をくれた。用済みってことなのかもな。とにかくこいつだ」

宮脇がコピーを久米野のほうに差し出した。それを手にとってまず顔写真を見る。

まあまあ整った顔だが、印象的というわけではない。

まだ戦地へ送られる前の、おびえきった目がこちらを見返す。（どうして俺が？）と問うているようにも見える。この目が、帰還するとすっかり変わっている。落ち着きのない、しかし虚ろな目に。自分がそうだった。

身長１７２㎝、体重68㎏、足のサイズ27㎝。

「見覚えないか？」宮脇が訊く。

「ありません」自信を持って答えた。

「とにかく、自宅には戻っていない。唯一の親戚である叔父にも連絡は取っていない。雲隠れだ。しかしそれほど遠くには行ってないだろう。ほとんど文無しだから」

「こいつを探し出せばいいんですね」

「そうだ、刑事の仕事内容は忘れてないようだな。ははははっ！」

実に耳障りで下品な笑い声であった。

「その内見つかって確保されると思いますが……」

「そうかもしれないが、なにせ帰還兵だからな、頭のネジが飛んでいて、戦地で得たよからぬ知識を使って何かしでかさないとも限らん」

宮脇は今、自分の目の前に帰還兵が座っているということを完全に忘れているとしか思えなかった。

「私は、例の老人ホームの仲良しグループが区役所の国民年金担当の女性職員の娘を誘拐し拷問して殺そうと計画した事件の特捜班に配属される予定で、正式な通達を待っているのですが……」久米野は言った。

「ああ、もちろん知ってる。本庁のお偉方も今回はかなり本気で取り組んでいる。だが、そっちにはすでに充分な人員を割いている。割きすぎなくらいだ」

「ジジババたちは他にも数人の子供の誘拐殺人を計画していたそうです。計画の首謀者は元地域部の警官で、職務質問に見せかけて女性に声をかけ物陰に連れ込んで刃物で脅してレイプしようとして懲戒免職に……」

宮脇が手を上げて久米野の話を遮り、言った。

「知っているよ。だが他にも重要な事件は日々起きている、お前一人が抜けたところで特捜に影響はない。特捜のほうには俺から言ってある。だからすぐにこっちの帰還兵事件に取りかかってくれ」

「一人で?」

「まさか、お前を一人にするわけない。もちろん相棒をつける」

「誰です?」

久米野は眉間に縦皺を浮かせて訊いた。

「そんなに警戒しなくてもいいだろ。なにも内部監察官をあてがおうってんじゃない」宮脇が言って、苦笑した。「もうすぐここに来るから、ちょっと待て」

待たせるなら茶の一杯でも出して欲しいが、宮脇はただ待たせた。

「車の運転は大丈夫なのか？」唐突に宮脇が訊いた。

「医者にはやめろといわれています」

「そりゃそうだ、刑事が薬でぼやけて事故起こしちゃあカッコ悪いもんな、ははっ」

久米野は笑わなかった。帰還兵が車で事故を起こす原因は当然ひとつではない。薬の大量服用で意識が朦朧とするのと同じくらいの頻度で、運転中に突然、制御できないほどの激しくどす黒い怒りにとらわれるからだということを、宮脇は知らないだろう。

約二分後にドアがノックされた。

「入れ」宮脇が横柄に応えた。

静かに、そして遠慮がちにドアが開いて、30歳前後の女が入ってきた。髪は肩より少し短く、体は細いが頬の肉づきはよい。目と鼻の大きさがやや目立つ。久米野が見たことのない顔だ。とはいっても戦争から帰還して復職したら署内には知らない顔だらけだったから、珍しくもないが。

「久米野、紹介しよう。小桜警部補だ」と宮脇が女を手で示し、言った。

コザクラだと？　妙な名前だ。

小桜が、久米野に深くお辞儀した。

「刑事課か？」と久米野は彼女の所属を訊いた。

「いいえ」と小桜が答えた。

「小桜は生活相談員だ」宮脇が愉快そうに言う。

「正確には会計厚生係です」小桜が訂正する。

「でもやってることの多くは職員の生活相談だろ？」

「ええ、まぁ……」小桜が渋々認めた。

「課長」久米野は宮脇を睨み、言った。「どうして相談員と組ませるんです」

「不満か？」

「素朴な疑問です。彼女と親戚かなにかですか？」

そうでもなければこんなおかしな組み合わせはできないはずだと久米野は思った。

「馬鹿いうな、彼女は刑事課志望でな。そうだろ？」

「はい、刑事課への転属を希望しています」

強い決意のこもった声で小桜が言った。その決意のアピールが他人にはうっとうしい場合があることなど思いもよらないだろう。

「小桜は警察学校の選択科目で心理学を専攻していたんだ」と宮脇が教えた。

「選択科目？　いつからそんなものができたんです」

「俺やお前が知らない間に、警察学校も時代の要請を受けて変わっていってるんだよ」と宮脇が面倒くさそうに答えた。

「犯人は帰還兵だ。彼女の心理学の知識が役に立つ場面もある、かもしれん。お前は彼女に捜査のイロハを教えてやる。お互い利益があるだろう?」

「よろしくお願いいたします。警部」

小桜がもう一度深く頭を下げた。

この面倒くさい状況を受け入れるしかなさそうだ。犯人の梅津を確保するのが早ければ早いほど、この押しつけられた心理学生活相談員と一緒にいる時間は短くて済む。

「まぁ、わかりましたよ」

久米野は言った。声に不満が滲むのを隠す余裕はなかった。

「名コンビになって犯人を捕まえてくれ。そうだ、二人とも拳銃を携行しろ」

たった今思い出したみたいに宮脇が言った。

「必要ですか?」久米野は疑問を投げた。

「相手は戦争帰還兵だからな。とにかく持て」

「……わかりました」

支給された拳銃は、2年前から本格的に配備され始めた9ミリ弾を使用するヘッケラー&コックP2000SKであった。グリップが太く、デザインもずんぐりとした感じだ。利き手にかかわらず使用できるようスライドストップレバーは左右についている。

装弾数は12発で、フレームは樹脂製だ。装弾数5発で鉄オンリーの回転式拳銃の時代とは隔世の感がある。

「この大きな銃は、訓練では使いませんでした」と小桜が戸惑い気味に言った。

「どうせ使いやしないんだから、なんでもいいだろ」久米野はなげやりに言った。

「久米野警部は、使用されたご経験はあるのですか？」

「俺もないが、配備され始めた頃に少しいじった」

小桜が銃にぐっと顔を近づけ、左右の側面をじっくりと見てから顔を上げて訊いた。

「どれが安全装置なのでしょうか」

「ハンマーの左脇にあるのがデコッカーだ。押せばハンマーレストの状態になる」

久米野は弾の入っていない銃のスライドを動かしてハンマーを起こし、親指の先でデコッカーを押し込んだ。ハンマーが静かに倒れ、スライドに収まった。

「なるほど、わかりました」

久米野はハンマーが倒れた状態から床に銃口を向けて引き金を絞った。引き金の重さはニューナンブリボルバーのダブルアクションとシングルアクションの中間くらいだ。

　ぺちん、ぺちん、と情けないほど軽くて乾いた音がした。

「どうせ使わない」久米野はもう一度言った。


　車両課に行くと、宮脇がすでに車を押さえていたことがわかった。カウンターでキーを受け取るとすぐに小桜に差し出し、言った。

「運転を頼む。俺は医者に止められてるんだ」

「了解です」

　幸い、あてがわれた車は上等なものだった。黒のゼロクラウンロイヤルサルーンだ。10分前にはまだショールームにあったのではないかと思うほどピカピカだ。こいつの助手席で半日ただ寝ていればいいだけなら、こんなに楽なことはない。

「どちらに向かいますか？」

　キーを差し込んで、小桜が訊いた。

「お前ならまずどこに行く？」久米野は質問に質問を返した。

「梅津の自宅」と小桜が答えた。

「じゃあそうしよう」久米野は言い、シートをリクライニングさせた。目を閉じる。

「正解ということですか？」小桜が訊く。

「信じられないかもしれないが、捜査のやり方に正解というものはない」

久米野は目を閉じたまま答えた。

「初めて聞く理論です」小桜が言い、エンジンをスタートさせた。

久米野は薄目を開けて小桜を見て、あることに気づいた。

「それ、いくつだ？」と訊く。

「はい？」

「そのニューバランスのスニーカーだよ。いくつだ？」

「これは995です」

「楽か？」

「疲れにくいのは確かです」と生真面目に答える。そして「警部のその靴は何ですか」と訊いてきた。

「ベイツの軍用ブーツだ」

「そうですか。では、梅津の自宅に向かいます」

「着く前に奴がどこかで確保されたという報告が入ることを祈ろう」

◆

その建設途中のビルは、6階までできているが、平日なのに作業員が一人もいなかった。何かのトラブルで建設が取りやめられたのか、近隣住民との裁判などで一時的に作業中断中なのか。とにかく無人だ。ビル全体がネットで覆われている。

この作りかけビルの存在は以前から知っていた。いよいよ家賃が払えなくなったらあそこでしばらく過ごすことになるかもしれないと半ば本気で検討して、バイト帰りや買い物帰りなどに何度か覗きに来ていたからである。「そんな犯罪志向なことをする暇があったら困ったときに頼れる友人を作っておけ」と他人は言うかもしれないが、誰にでもできることとできないことがあるのだ。そして予想よりもずっと早く、心の準備をする間もなく、検討段階から実行段階にシフトした。

梅津には、無人で、雨をしのげる場所が必要だった。建設現場を囲っている金属塀のあちらこちらに警備会社のステッカーが貼られているが、実際どのくらい本気で見張られているのかは不明だ。建設が取りやめになったのなら必要な資材などはとっくに回収しただろう。ゆえにセキュリティにこれ以上金はかけまい。

何度も周囲を歩き回って侵入経路と方法もすでに決めてあった。

難なく中に入ってまず驚いたのは、一階に設置された防犯対人センサーが、何者かによってすでに破壊されていたことだ。これはつまり、梅津以前にここに侵入した者がいるということだ。

そいつはまだこのビルの中にいるのだろうか。息を殺して俺をどこかの暗がりから見ているのか。あるいはすでに餓死して腐りかけているか。とにかく、すべての階を調べてみればわかることだ。誰もいなかったら今日からしばらくは俺がここの主だ。

武器はスイスアーミーナイフだけだ。刃渡り6㎝のブレードを起こし、これを使わなくて済むよう祈りつつ、作りかけの階段を、足音を殺して登っていく。体が休みたがっている。だが人間はこのような状態になってもそこからまだ8～10時間くらいは動き続けられるということを梅津は戦地で知った。頭は少しおかしくなるが。

「……やった」

六階にたどり着いてそこにも誰も潜んでいないことがわかると、喉の奥から喜びの声が漏れた。

ここで休んでいいのだ。眠っていいのだ。そして眠ってすっきりした頭でこれからの出方を考えることができるのだ。といってもそれほどたくさんの選択肢があるわけではないだろうが。

リュックを肩から外し、おろした。強烈な眠気が襲ってきた。そのことがうれしかった。久しぶりに気色の悪い夢も恐ろしい夢も過去を追体験するような夢もみなくて済むかもしれない。

◆

重要ではあるが、死ぬほど退屈な任務だった。

深く険しい谷底にある、たった一本の細い道を、地元民に化けたテロリストが通過するかもしれないので姿を隠して見張り、誰かが通るたびに止めて荷物を検査する。テロリストだったら拘束して応援部隊を呼び、本部へ引き渡す。

何十万、いや何百万年も前からなにひとつ変わっていないであろう荒涼とした風景の中に埋没して、いつ誰が通るかもわからない道を見張る。

その細い道はこの地に人類が住み着いて生活や交易のために移動するようになってから自然とできたもので、これまでずっと舗装されることも拡張されることもなく淡々と利用され、人々の足によって固められてきた。

ちっぽけな一本道ではあるが、この道以外の道はなく、ここを通らずに谷を抜けようとすることは死に直結する。ゆえにヘリコプターを持っていないテロリストはここを通るしかないのだ。

小隊がここに到着してから四日経ったが、兎の一匹すらみかけなかった。集中力を維持するために見張りは二人組で、二時間ずつ交代で行ったが、その二時間でさえ睡魔もしくはネガティブな雑念との戦いであった。

梅津の見張りの相棒は黒人の若いアメリカ兵・クーパーである。まだ23歳で、コメディドラマの脚本家からスタートしてゆくゆくは『ビッグバン★セオリー』みたいな人気番組のプロデューサーを目指しているというのになぜかチベットに来た。脚本家志望だからか頭の回転は速いのだが、考えることにいまいち深みがない。もちろんそんなこと本人には言えないが。

「腹ばいになってると、このボディアーマーに入っているセラミック板が、肋骨に当たっていてえのなんの」

クーパーはぼやきながらその板を引き抜き、足元の岩のほうへ適当に放った。そして満足げに深呼吸した。

「俺はこの拳銃ホルスターのベルトの金具が、太ももに食い込んで痛いんだ」梅津は言った。

「俺もだ、拳銃は外しちまおうぜ」

「……そうだな」

もちろんいけないことなのだが、小隊の規律は少しずつ、確実に緩んでいた。そもそもリーダーのチャベス軍曹からしていつもミリタリーシャツの胸のボタンを外してはだけ、そこにヴァレンティノのサングラスをひっかけている。

他にも軍用ブーツの紐をきちんと一番上の穴まで通さずに履く。重たい自動小銃をしっかりとスリングで肩にかけず銃身の先を掴んで引きずる。シグ自動拳銃を太もものホルスターではなくベルトの腹や背中に突っ込む。ヘルメットをかぶらない。行進中にタバコを吸う。唾を吐く。焚き火しても後片付けしないなどなど……。

一メートルほどの間を開けて梅津の左隣にいるクーパーは先ほどからシグ自動拳銃の撃鉄を親指で起こしてはデコッキングレバーで倒し、また起こしては倒すという動きを繰り返していた。ジッポーのライターの蓋を開けては閉める動作に似ている。

「クーパー」梅津は小声で呼びかけた。

「あん？」

「それをやめてくれ。神経にさわる」はっきり言わないと伝わらない。日本人と違って相手が嫌がっているのを察することができない。

「それ？」

「ハンマーを起こしたり倒したりすることだよ。危ない」

「銃口はあんたに向けてないぜ」クーパーは言ってにやりとした。

「そうだけど、音が気になるんだ。集中できない」

「そうか……悪かったな」

クーパーは意外に素直に謝った。

「いや、いいんだ」

クーパーは拳銃を傍らに置いて、「なぁウメヅ」と話しかけた。「訊きたいんだけどよ。あの道の向こうから、誰が、でなきゃ何があらわれたら、あんたは大爆笑する？」

クーパーに真顔で訊かれた。

「そうだな……」

「時間をかけて考えてくれ、時間だけはくそたっぷりあるからな」とクーパーは言った。

梅津は谷底の道から目を離さずに考えた。いくつか浮かんだが、どれも口にするのも嫌なくらい笑えなかった。だが、ひとつだけ、ようやく思いついた。

「大爆笑するかどうかはわからないけど、お前かな」

「……ホワット？」

クーパーがライフルのスコープから目を離して梅津を見た。

「お前と一緒に見張りをやっているはずなのに、道の向こうからなぜかお前が、ぶらぶらとあらわれるんだ」梅津はまだしゃべり慣れない英語で言った。「しかも軍服じゃなくて、アロハシャツと海パン姿で」

「この野郎っ！　天才かよ、あんたは」

嫉妬と羨望の目で睨まれて梅津は戸惑った。

「何言ってるんだ、たいしたアイデアでもないだろ」

「俺には思いつかなかった！　で、隣は？」

「なに？」

「隣にいるはずの俺が道の向こうからあらわれた。それじゃああんたの隣には誰がいるんだ？　何がいるんだ？」

「……チベットスナギツネかな」

「それじゃオチとして弱い」

訊いておきながら否定されたので梅津はむっとして言った。「俺はコメディライターじゃないんでね」

「笑いってのは二段ロケットじゃないといけないんだ、ウメヅ。一段目は上出来だったよ。でも二段目はさらに予想を超えたとこ……」

いきなりクーパーの頭の上半分が吹き飛んだ。０・２秒前までえらそうにかつ饒舌にしゃべっていたのに、もう頭が半分ない。

銃声は近くから聞こえたようだ。しかし方角は見当もつかない。

あわてて地面にへばりついて、M27を掴む。

次は俺だ。俺はもう死んだ。もう死んだ。生きてるわけがない。でもまだ生きてる。

そして死んだみたいに動けない。腰が抜けて動けないのか、それとも生存本能が「今動いたら撃たれるからじっとしてろ」と命じたから動けないのか。自分でもわからない。とにかく動けない。声も出ない。

大きな岩の向こうにいる皆は何してるんだ？　俺を助けてくれないのか？

銃声は一発聞こえたきりだ。世界は静かだ。弾けたクーパーの頭からこぽこぽと水が湧き上がってくるような音だけが聞こえる。

帰りたい。家に帰りたい。涙と鼻水があふれてきた。どうすればいいんだ。

―おい、クーパー、ウメヅ、アーユーＯＫ⁉

イアフォンからチャベス軍曹の声が聞こえた。すぐ近くにいるというのにわざわざ無線で呼びかけてきた。

「クーパーが死にました！」

梅津のささやき声は、喉に装着してあるスロートマイクによって軍曹に届いた。

―ガッデム！　スナイパーはどこだ⁉

「私のところからは見えません」

―銃声より先に弾が飛んできたのか、それとも同時か？

「わかりません、同じくらいだった気がします」

―クーパーは本当に死んでいるのか？

あたりまえだろと喉まで出かかったが、傍で見ているのは自分だけなのだと気づいた。

「頭がなくなったんです」梅津は報告した。

―ファック！

「俺も動けないんです。助けてください！」

―撃たれたのか？

「いいえ」

―今どうしてる。

「うつぶせになってます」

―そのままでいろ。安全を確認できないと助けに行けない。

「すぐ近くにいるじゃないですか！」

―落ち着け、仲間を無駄に危険にさらすわけにいかないだろ。

「スナイパーを見つけて始末してください！」

―敵がもう一発撃てばわかるんだが……。とにかくいい手を考えるから少し辛抱しろ。

数分経ったが、第二弾は飛んでこない。そして軍曹やその他の仲間から何の連絡もない。緊張と不安に耐え切れず、梅津は呼びかけた。

「軍曹、何してるんですか？」

―タフブックを見ている。

タフブックとは、パナソニック製のフィールドコンピュータである。90年代から世界中の軍や警察で使われている。最新型のCF40は50メートルの高さから岩に叩きつけても、戦車でひき潰しても、重油で汚れきった池に落としても、5・56ミリ弾で一メートルの距離から30発打ち込んでも、蓋を開けて電源を入れれば普通に使える最強の軍用コンピュータだ。

「タフブックで何を見ているんです？」

―戦闘マニュアルだ。『フィールドに潜んでいるスナイパーを発見するには・山岳地帯編』

軍曹がタイトルを読み上げる。クーパーが生きていたら大笑いしていたかもしれない。梅津はちっとも笑えないが。

「で、俺はどうすればいいんです？」

―マニュアルによると、こういう膠着状況で一番まずいのは、焦ることだ。先に動いた方が負けなんだ。最低でも二十四時間は動けないことを覚悟しろ。

「夜になったら動けませんか？」

―テロリストだってナイトビジョンは持っている。辛抱だ、ウメヅ。

ほどなく人間の大人並みにでかい数十羽のハゲタカが飛来して、梅津のすぐそばでクーパーの死体をガシガシとつついて破壊し食べ始めた。こんな間近で鳥葬を見た人間など、地元民にさえいないだろう。間違えてまだ生きている梅津をつつくけしからんワシもいた。

死んだクーパーと、まだ生きている自分との差など、自分が考えているほど大きなものではないのだということを思い知らされた。

ハゲワシたちはわずか3分ほどでクーパーをあらかた食べ散らかすと、ごちそうさまも言わずに飛び去り、梅津はまた独りぼっちになった。

「……あっ」

ハゲワシたちがクーパーを食い散らかしているどさくさに紛れて逃げればよかったと今頃思いついた。壮絶な食肉光景にひたすら圧倒されてしまい、そんなこと思いつかなかった。

太陽が、名前もわからない6000メートル級の山の向こうに沈み、幻想的なマジックアワーになった。

梅津はまだ同じ姿勢でいた。動けないので地べたにはいつくばったまま用を足すしかなかった。体から排出された水分は、夜になると一気に降下する気温とともに冷やされ、股間が凍りつきそうになる。

敵はどうしてさっさと俺を撃たないんだ？　撃つと、どこから発砲したのかわかってしまい、今度は自分が不利になるからか？　それとも俺みたいな下っ端の兵隊を撃っても成果と呼べないからか？　狙いは上級軍人のチャベス軍曹か？　それほど上級ってほどでもないのに。でも、それじゃあなんでクーパーを撃ったんだ？

「軍曹、もう限界です。気が変になりそうです」

―落ち着け、お前がしびれを切らして俺たちの隠れているところに駆け込んできて、そこを狙ってロケットが打ち込まれたらどうするんだ。眠かったら、少し寝てもいいぞ。

「こんな状況で眠れるわけありません。石かなにかを投げてみたらどうなんです？　それでスナイパーが撃ってきたら場所がわかる」

―ダメだ。それは50年前のやりかただ。今は石なんか投げたら、弾道計算アプリを使ってすぐにどこから石を投げたのかわかって、こっちが殺られちまうよ。交信もどうしても必要な場合以外は控えろ。敵が優秀な集音マイクを持っていないとも限らん。

「……了解」

あんたらはいいよ、岩陰で好きなように姿勢を変えて眠ることができるんだし、レーションを食うことも水を飲むことも小便も大便もできる。時間つぶしにタフブックでシューティングゲームだってできる。でも俺は、尻を掻くことさえできやしない。

「うっ⁉」

尻の上を何かが這っている！　なんなんだ！

「軍曹っ！」

―なんだウメヅ！

どうしても必要な場合以外は交信するなと言ったにもかかわらずまた呼びかけたので軍曹は怒っていた。

「体の上を何かが這っています」

―トカゲとか蛇だろ。

「毒トカゲとか毒蛇だったら？」

―じっとしていれば大丈夫だ。もう交信はやめろ。

永遠に続くかと思われた夜が、ついに明けた。結局、まだ生きている。二発目の弾丸はいまだに飛んでこない。スナイパーはもう去ってしまったのか。

ぜひそうであって欲しい。俺みたいな下っ端にかまわず、もっと戦略上重要な人物を仕留めに行ってくれ。たくさんいるだろうから。

ハゲタカに食い荒らされたクーパーの死体が朝日に照らされ、温度が上昇してふたたび臭いを強くした。

　ふと、ある妙なことに気づいた。

　昨日、梅津はクーパーに「撃鉄を起こしたり倒したりするのをやめてくれ」と頼んで、クーパーはそれを聞き入れて拳銃を脇に置いた。その拳銃の排出口に、薬莢がなぜか引っかかっていた。つまり、この拳銃はいつの間にか発射されて排莢不良を起こしたのだ。発射がなければ排莢不良は起きない。

　ではいつ、発射されたのか。

　そして妙なことはまだある。拳銃の引き金を囲っているトリガーガードの穴に、直径3cmくらい長さ60cmほどの灰色の蛇の死体が引っかかっていた。ハゲタカによってクーパーと一緒に食い散らかされたのだろう。

「……まさか」

　昨夜、背中の上を蛇かあるいはトカゲが這ったことを思い出した。きっとこのあたりの岩場には蛇やトカゲが多いのだ。

　大雑把な性格のクーパーが拳銃の撃鉄を起こした状態のまま置いたということはないだろうか。そしてクーパーが偉そうに笑いの二段ロケット論を一席ぶっている間に蛇が忍び寄ってきて、よくわからない理由で蛇がトリガーガードの穴にもぐりこんでシグ拳銃の軽めな引き金を絞ってしまい、拳銃が発射されて蛇の尻尾を吹き飛ばし、もちろんその程度で9ミリ弾が勢いを損なうなどということはないので弾はそのまま飛び続ける。銃口の先には、クーパーが「肋骨に当たっていてえのなんの」という理由で外して適当に放り投げたボディアーマーのセラミック板が岩に寄りかかるようにして斜めになっていた。その板の表面を良く見ると、銃撃を受けたとおぼしき黒い痕があった。

梅津の脳みそにようやく血がめぐり始めた。

もしかして、スナイパーなんていなかったんじゃないだろうか。さらによぉく目をこらすと、セラミック板が立てかけられている岩の一部だけがやけに白く、削られたような痕がついていることに気づいた。

梅津はよろよろと立ち上がった。

弾は飛んでこなかった。

「ファック！　ウメヅ！」「こっちくるな！」「スナイパーは⁉」

やけにくつろいだ姿の仲間たちの反応は無視して、水の入っているポリタンクに飛びつくと栓を開けて、タンクを両手で持ち上げて直飲みした。命の水、というか命そのものが鼻にも目にもガボガボ流れ込んできて死ぬほど嬉しい。

「ウメヅ何があった！　話せ！　なぜ勝手に持ち場を離れた⁉　スナイパーは⁉」

梅津は一気に4リットルほどの水を飲み下してから、タンクをどすんと落として軍曹に言った。

「お話ししたいことがあります」

　梅津の説明を聞き終えると、チャベス軍曹はぼりぼりと股間を掻きながら言った。

「蛇野郎が、クーパーがハンマーを起こしたままの拳銃のトリガーガードの穴にもぐりこんで引き金が絞られて発射し、蛇野郎の胴体を吹っ飛ばしてそれから弾があのセラミック板に当たって絶妙な角度で跳ね返って岩に当たり、さらに岩もまた絶妙な角度で弾を跳ね返してそれがクーパーの後頭部にヒットして頭が弾けた、と」

「私もそれが真実だと思います」

　この小隊の中では一番銃に詳しい予備自衛官の勝野が言った。小隊の副隊長だ。

「普通の徹甲弾ならば、射出口はともかく射入口はごく小さいはずです。それなのにクーパーは頭全体が弾けた。それは、すでに板や岩に当たって変形した弾頭を食らったからじゃないでしょうか」

　チャベス軍曹はだらんと両手を垂らし、うなだれた。しばらくそのままでいたが小声で「シット」と悪態をついて顔を上げ、梅津を見た。

「クーパーのご両親になんて報告するんだ？」

「ありのままを……」梅津は言った。

「（息子さんは自分の不注意で拳銃のハンマーを起こしたまま放置してそこにチベット蛇がにょろにょろ這い寄ってきて引き金に絡んで弾を発射し、軍規を無視して外してほっぽっておいた防弾セラミックに当たって跳ね返ってさらに岩に当たって跳ね返った弾頭に頭を爆発させられて死にました）と言うのか？」

「多少の脚色はありですよ」

チャベス軍曹はいきなりヘルメットを脱いで足元に叩きつけ、そばの岩をブーツで何度も蹴った。そして叫ぶ。

「いもしないスナイパーのせいで何時間無駄にしたと思ってるんだ！　お前がもっと早く気づけばこんなことにはならなかったんだ！」

軍曹は梅津の胸を拳で突いて責めた。

「クーパーがだらしなかったからです！　軍曹が普段からもっとクーパーを注意していれば起きなかった事故です！」梅津も軍曹を涙目で責めた。「それに軍曹は俺を全力で助けようとしなかった！　大切な部下なのに！」

「二人とも落ち着いて！　喧嘩はみっともないぞ」と勝野が二人の間に割って入る。

「起きてしまったことは仕方ないだろう」

このような軍人にあるまじき内輪もめをしている間に、谷底の一本道を、二頭の黒い毛むくじゃらのヤクに引かれた荷車が静かに通過していった。ロケット砲と機関銃と弾薬箱を大量に載せていた。

◆

「大切な部下なのに……あんたなんかリーダーじゃない」

実際は本人に言えなかった言葉を、梅津は寝言で漏らした。

「あんたは最低の……」

突然頭の中に赤いランプが点り、梅津は一瞬で目覚めた。チベットの戦地で鍛えられた生存レーダーが異変を察知したのだ。

複数の足音と話し声を聞いた気がする。全身を耳にする。

「何階まで上るんだよ」

「一番上だ」

一番上には俺がいるんだが……。梅津はゆっくりと音を立てずに立ち上がり、フロアの隅に積まれて放置されている足場板の陰に身をひそめた。

「最上階である必要はあるのかよ」

「品物を試したいと言ったのはあんただろ」

「最上階じゃなくてもいいんだが」

「万が一でも音を聞かれて通報されるリスクを減らしたいんだ」

40〜60くらいの中年とおぼしき男二人の会話が、はっきりと聞こえた。声はふたつだけだが、足音の数はもっと多い。五、六人はいそうだ。あるいはもっと。それに人間以外の生き物の足音も聞こえた。あれは犬の爪の音か？

「試さなくてもいいってんなら、いますぐ引き返してもいいんだぜ、こっちは何も困らない。どうする？」

しばらく男の荒い息だけが聞こえた。吟味しているのだろうか。

「いいや、試す」それが男の結論だった。

もうすぐ男たちがこのフロアにやってくる。ろくでもない集団なのは確かだ。品物とはなんだ？　ドラッグか？　試すというんだから、そうかもしれない。

ついに階段の下の方から懐中電灯の光が上ってきた。

先導している男が言った。「さぁ、ついたぞ。お疲れさん」

お疲れさんと言われた額の広い馬っぽい面の男が、荒い深呼吸を繰り返し「くそっ」と悪態をついた。その男を三人の、あまり知的には見えない男たちがしっかりと守るように囲んでいた。

そして先導してきた男は、真っ黒なブルドッグを二頭連れていた。

二組の、あまり友好的でない集団が、これからよりによってここで何かの取引をしようとしている。

梅津は、取引がつつがなく終わって両組がさっさといなくなってくれることを祈るしかない。音を立てないよう注意して、枕にしていたリュックを背負う。人間たちの目はごまかせるかもしれない。だが、もしも犬たちに嗅ぎつけられたら？

「オーケー、それじゃモノの性能を見せてもらおうか」

呼吸を整えた馬面男が背筋を伸ばしていった。こいつが集団の中で一番年寄りくさい。50代前半だろう。顔も一番恐ろしい。顔の迫力で数々の無理を通してきた雰囲気がある。

犬を連れた取引相手の男は40歳前後で、腹はかなり出ているが全身筋肉の塊で、男が連れているブルドッグと見た目がよく似ていた。きっと二頭と長い間連れ添っているのだろう。人面の悪い馬面男が三人も手下を連れているのに、こっちの男の連れは犬だけだ。それで力としては互角かそれ以上と確信しているからだろう。

「何か標的にするものが要る。セメント袋とか、あんたの部下の尻とか」

出っ腹男が不敵な笑みを浮かべて言った。

「標的にする」ということは、これは銃器の取引なのだ。まだドラッグの方が平和だった。これは見つかったら一巻の終わりだ。どうかブルドッグがくんくんして俺の存在に気づきませんように。

「あの辺に向けて撃てばいいだろ」と馬面の男が言って、梅津が隠れている足場板の山を指した。

「何言ってるんだ、金属に当たったって弾が跳ね返る。危険だぞ」

犬連れの男が呆れたように言った。その通りだ。

「じゃ、的を持ってこさせる」

馬面の男が言い、スマホをポケットから抜いて誰かを呼び出した。そして相手が応答すると「ミズキを持って来い」と言った。電話の相手は戸惑ったようだが、男は言った。「もちろん死んでる。俺がぶっ殺した。そんなこたぁわかってる。でも必要なんだ。持って来い。二分で来い」

一方的に命令して通話を切ると、馬面男が出っ腹男に言った。

「今、的を持ってくる」

「じゃあ待つとしよう」

出っ腹男はそれだけ言い、腕を組んで鉄骨の一本に寄りかかった。二頭のブルドッグは防犯目的で玄関に置かれたオブジェのように静かだ。

ちょうど二分ほどで、肩に大きなゴミ袋を担いだ、ポロシャツを着た男がややつらそうにのぼってきた。シャツの二の腕がはち切れそうな程太い。半透明のゴミ袋の中には全裸の女が入っていた。生前にそれなりの扱いを受けていたならば死んでからこのような扱いは受けないはずである。

「ご苦労、あっちの奥に置け」と馬面の男が命じた。

死体を担いできたポロシャツの男は「はい」とだけ言い、梅津が隠れているところに来た。そして積み上げられた足場板に女の死体を寄りかからせた。そして掌で汗をぬぐいつつ雇い主のところへ戻る。

死体から腐敗臭がしない。ということは死んでからそれほど時間が経っていないのだ。

「車に戻ってろ」と馬面男が言うと、一礼して階段を下りて行った。それから出っ腹男に言う。

「さて、と。それじゃあテストトライアルといこうか」

「いいですとも」

出っ腹男は背負っている黒のバックパックを開け、無造作に自動拳銃を取り出した。一瞬だが、集団に緊張が走る。

「弾は入ってないですよ」出っ腹男が言って、拳銃のスライドを開けて見せた。その拳銃は梅津が戦地で支給されたポリマーフレームのシグ9ミリ拳銃に似ていた。先端に薄茶色に塗装された長さ20㎝ほどのサプレッサーが装着されていた。

「今からこいつに弾を一発だけこめるんで、手下たちに俺を攻撃させないでくださいよ」

出っ腹男が言うと、男はうなずき、死体のほうに顎をしゃくって「あれを撃ってみせろ」と言った。

「わかりました。じゃあ照らしてください」

「おい、的を照らせ」馬面男が命じると、三人の手下の一人がマグライトで死体を照らした。出っ腹男は排莢口から薬室に弾を一発だけ押し込み、スライドを閉じた。そしてゴミ袋でくるまれた女の死体を両手で狙い、撃った。

勢いの良い張り手みたいな銃声とスライドが後退する音が同時に聞こえ、女の死体にぶすっと弾が食い込んだ。幸い貫通はしなかったので梅津はほっとした。

「どうです、小さいでしょう?」出っ腹が得意げに言った。

小さい、とは銃声のことだ。

「うん、予想以上に小さいな」馬面男が認めた。

「軍用サプレッサーの消音性能は、新素材の採用によってこの三年くらいで大きく進歩しましたよ。これならあなたがたの敵を静かに、たくさん、殺せるでしょう」

出っ腹男は言った。

「俺の敵が、誰だか知っているのか?」馬面男が、粘着質な感じの声で訊く。

「いいえ、知りませんし、興味もないです」

出っ腹男がはっきりと答えた。

「俺にも撃たせてくれ」と馬面が言った。そして「三発入れてくれ」とつけ加えた。

出っ腹男が警戒した。

「心配するな、あんたを撃ちゃあしないさ」馬面が約束した。「あんたの忠犬に喉を食い千切られたりせず無傷で品物を持って帰りたいからな。無傷で済まないのは、あの死体の女だけだ」

馬面男が言って「うふっ」と笑った。実に気色悪い。

「いいでしょう。それじゃあ三発」

出っ腹男が、パンツの前ポケットから9ミリとおぼしき弾を三発取り出して弾倉に詰め、本体に差し込んでスライドを閉じた。そしてセイフティーをかけて馬面男に差し出す。さっきの銃の構え方といい、かなり銃を扱い慣れている。元自衛官か元警察官かガンマニア、でなければ帰還兵だろう。

「うむ」

馬面男が横柄な感じで拳銃を受け取り、両手で保持して女の死体を狙った。出っ腹男ほど構え方がさまになってはいないが、だからといって撃つのは初めてではなさそうだ。

また小さな銃声がした。そして馬面男は大きな的だというのに撃ち損じた。梅津のすぐ傍の足場板に弾丸が当たって跳ね返り、それがさらに鉄骨に当たって跳ね返る。迷惑この上ないミスショットだ。

「くそ、外した」馬面が悪態をつき、「ミズキ、じっとしてろよ」と死体に向かって命令した。

再び銃声が上がり、今度はヒットした。死体の頭がかくんと横向きに倒れた。

「よしよし、いい娘だ。生きてる時もそれくらい素直だったらもっとよかったぞ。さて、もう一発ぶちこむからな」

馬面男が言い、首を回して骨をぐきっと鳴らしてからまた構えた。

死体が、頭の重みでゆっくりと傾き倒れ、どてっと横倒しになった。

「じっとしていろと言ったろう、ビッチが」馬面男が言った。

「ちょっと待ってください！」マグライトで死体を照らしていた男が言った。「足場板の向こうに誰かいます！」

梅津はためらうことなく飛び出し、建物の外壁を中途半端に覆っているポリプロピレン製の青い垂直ネットに向かって突っ走った。

背後で三発目の銃声が起きた。

梅津は剥き出しのコンクリートの床を蹴って、ネットに飛びついた。男たちの怒声や罵声を浴びながら、ネットにしがみつき、下のフロアへずり落ちるようにして逃げる。

「下へ逃げたっ！」「捕まえろ！」「ぶっ殺せ！」男たちが口々に叫ぶ。

「ベーコンハム、アタック！」

出っ腹男が叫び、二頭のブルドッグが弾丸のように飛び出した。

梅津は恐怖に失禁しながら垂直ネットをずり落ちていく。真上からベーコンだかハムだかわからないが、凶悪なブルドッグが牙を剥いて飛びかかってきた。

梅津はネットから手を離して真横に飛び、床を転がった。ここはひとつ下の5階だ。犬の片方が哀愁ある鳴き声をあげて、ネットと外壁の隙間を落下していった。だがもう一匹はもっと賢かった。巧みにネットを伝って降り、五階のフロアに飛び込んできた。

梅津は床に落ちていたステンレスの足場板を拾い上げた。そして振り向いた瞬間、ブルドッグが飛びついてきた。

足場板をフルスイングしたら運良く犬を弾き飛ばすことができた。ブルドッグは「ギャン！」と叫んで回転しながら飛んでいった。

「うおらあっ！」

今度はナイフを手にしたヤンキー上がりみたいな若造が階段の方から走ってきた。

血走った目が潤んでいる。

こいつは素人だ。梅津はそう判断した。すると心にほんの少し余裕ができた。こっちは米軍キャンプで血尿を漏らしながらしごかれた身だ。

梅津は足場板を捨てると、若造が大振りしたナイフを左手で外側に弾き落としてから間をつめ、喉仏を肘で打つ。綺麗に入って喉仏が潰れ、若造は仰向けにぶっ倒れて両手で首を押さえ、両足を痙攣させた。

梅津が若造のサバイバルナイフを拾おうとしたら二人目が突進してきた。今度の奴はナイフを腰ダメにして、頭を低くして闘牛みたいに突っ込んでくる。梅津はナイフをやめ、一度捨てた足場板をまた拾って、突っ込んでくる男の足元に投げた。男は足をさらわれてつんのめり、肘から床に激突した。しかしナイフは離さない。

梅津は床を蹴って飛び、男の後頭部に尻ダイブした。ぐちゃっという柔らかい音とゴッという硬い音が同時にして、男の潰れた鼻から血がどぴゅっと放射状に飛び散った。梅津は床にごろんと転がってから即座に立ち上がり、男の頭を蹴り上げた。敵の脳内の生存回路がショートした手ごたえを感じた。すぐさまそいつの手からナイフをもぎ取る。

最初に倒した男がうつぶせになり這って逃げようとしていたので、ためらうことなく延髄を深く刺した。それからナイフを引き抜こうとした瞬間にナタがぐるぐると回転しながら飛んできて、梅津の頭の上を掠めた。そして三人目の敵が鉄パイプを振り上げて走ってくる。目がわかりやすく狂っている。

梅津は鉄骨に当たって落ちたナタに向かって走った。拾いあげると一回転してから立ち上がり、敵の太ももを狙ってナタを投げた。

太ももに当たらず、睾丸をヒットした。それでもまぁいい。

「おうっ！」

敵は左で股間を押さえてその場に固まった。梅津は難なく男の右手から鉄パイプをもぎ取り、先を短めにして持つとその先端で男の左目を突き刺した。

男がガクリと膝をつくと、頭のてっぺんにパイプを振り下ろして頭蓋骨をへこませた。

サプレッサーを装着していない拳銃の、雷のような銃声が轟き、脇腹を弾丸が掠めた。出っ腹男が両手で自動拳銃を保持し、梅津に第二弾を叩き込もうとしている。

梅津は左に逃げていく、と一瞬見せかけて右へ走った。出っ腹はフェイントに引っかかって弾を無駄にした。

梅津はもう一度垂直ネットに飛びついて今度は一気に3フロアをすべり落ちる。2階に着いた。フロアを走って横切って反対側まで行って下を覗くと、ほぼ真下に駐車してある黒い大型セダンのトランクを開けて中から何かを取り出そうとしている男の姿が目に飛び込んだ。そいつはさきほど女の死体を六階まで担いできたポロシャツを着たマッチョだ。

アーミーナイフでネットを縦に裂いていく。早くしないと捕まる。自分が通り抜けられるだけの裂け目ができると、くぐって外に出る。危うく転落しそうになって肝を冷やした。

梅津は深呼吸して、膝を曲げて力をため、鉄骨の縁を蹴って宙に躍り出た。

0・5秒後にセダンに着地ならぬ着トランクをした。ベイツ社のタクティカルブーツの厚いソールが足へのダメージを最小限にとどめてくれた。そしてトランクカバーがギロチンのようにマッチョの両手首を切断した。

マッチョは手首から先がなくなった自分の両手をぽかんとして見つめながら、へなへなと崩れ落ちた。梅津は地面に転げ落ち、車に手をついて立ち上がった。ばねの力でトランクカバーが再び開いて、中に入っているものが見えた。

斧とのこぎりとチェーンソー、それに赤い携行缶に入れられたガソリン。馬面野郎は取引の後で女の死体を処理するつもりだったのか。

ほぼ真上から狙撃され、足元に弾が食い込んだ。撃ったのは出っ腹男だろう。梅津は片手でトランクカバーを閉めると、車体で体を隠しつつ運転席まで行き、ドアを開けた。キーが差さったままだ。つまり、「どうぞお乗りになってください」ということとだ。

さらにもう一発撃たれたが、セダンの防弾ガラスが跳ね返してくれた。梅津はドアを閉めて、キーをひねってエンジンをスタートさせた。ヘッドライトの光の先に見えるのは建築現場の白い囲い塀なので、逃げるにはいったんバックしないといけない。レバーをRに入れる。梅津はすさまじくあわてふためいている自分とやけに冷めている自分が同居しているような不思議な感覚に囚われていた。

両手を失った男が、倒れてそのまま気絶でもしていればいいものをわざわざ立ち上がって失禁しながらうろうろしていた。梅津はそのままバックし続けて、そいつを撥ね飛ばしてやった。それから停止してギアをDに入れるとアクセルをぐんと踏み込んだ。

道路に飛び出して左折すると乗用車が突っ込んできた。相手の車は急停車したが梅津はそのまま突っ込み、車体側面を擦りつけて抜けた。

建設現場が遠くなっていく。自分がこんなすさまじいことをやってのけたという認識に、梅津はめまいがした。何も考えなかったのに、体は動いた。実に的確に、冷酷に、ためらいなく。教えられたものの結局戦場では使うことのなかった殺して逃げおおせるための知識と技術が、今頃になってとてつもなく役に立った。

◆

アメリカが軍事介入したチベット戦争において、古東功は軍用犬のハンドラーとして突然徴兵された。拒否することもできずに誓約書にサインさせられて、私物を取りに帰ることも許されず北カリフォルニアの軍事基地まではるばる拉致された。国家による誘拐以外のなにものでもなかった。飲み会で女の気を引くための都市伝説だと思っていたチベット徴兵が、自分の身に起きたのだ。

古東の仕事は、ゲリラ兵の疑いあり、またはゲリラに協力した疑いありとして拘束されたチベット人の捕虜を尋問する際に軍用犬をけしかけて、捕虜を震え上がらせて自白を促すという胸糞悪いものだった。

つかまって過酷な尋問を受けるのは罪のない素朴な正真正銘のチベット人ばかりで、いつまで経ってもゲリラはあらわれなかった。視界に入った者を手当たり次第に逮捕しているとしか思えなかった。

戦争終結まで正義の名の下にこんな非道かつ虚しいことをしなければならないのかと絶望しかけた時、突然帰国命令が下された。任務に就いてまだ5ヶ月だった。あまりにも突然だったので、犬を使った尋問に対して内部告発があったのではないかと疑ったが、真相はわからずじまいだった。

帰国すると、戦争の記憶を消すため、また新しい人生を一から作るために、希望すれば一年間を上限として貸与されるパロとかいう名前のアザラシもどきのセラピーロボットには頼らず、まだ赤ん坊のブルドッグを二頭、師匠のドッグトレーナーからもらい受けた。それぞれベーコンとハムと名づけた。

どんな天気だろうと毎日欠かさず散歩させ、最高の飯を与え、高度に組み立てられたトレーニングプログラムをこなし、最強の用心棒兼家族として育て上げた。もちろん、それだけやっていては生活できないので金を稼ぐ必要があったが、驚いたことに国のために命を張った名誉ある戦争帰還兵であることが足かせとなって、フルタイムの職場は条件つきでないとどこも雇ってくれなかった。その「条件」とは、政府が深く考えることなしに作成したとしか思えない「戦争後ストレス反応テスト」を受けて100以上ある項目のすべてで「問題なし」と認められなければいけないのだ。

自信を持って言えるが、あのテストをクリアできる奴なんて戦争に行っていない一般人にだってそうそういない。国立大学の二次試験と同じで、落とすことが第一の目的なのだ。

要するに、国は戦争帰還兵を排除して社会に参加させまいとしているのだ。そして居場所をなくさせて、再び戦地に向かうしかないよう誘導しているのだ。

サプレッサー付きの9ミリ拳銃を売って生活費を稼ごうとした理由は、帰還兵同士の縁に恵まれたからだ。

同じ時期にチベット送りになって兵員輸送機の中で初めて出会った北岡謙太という四十代前半の男がいる。

北岡は自衛隊の小銃等の火器を作っている国内唯一の兵器製造会社・豊明工業の社員だった。厳しい環境のチベットで酷使される銃器の照準器やトリガー周りやサプレッサーなど各種のデリケートなパーツの調整をするために派兵された。仕事はとても丁寧だったそうだ。その腕を買われてXconUSAの隊員たちから「ヘイケンタ、俺の愛銃をカスタマイズしてくれよ」という依頼を次から次へと受けるようになった。「カスタム・マイスター」という名誉ある称号も貰った。

ひとつひとつの仕事を誠実に、いまや遠い過去のものとなってしまった昔の日本人らしい生真面目さでこなしているうちに、彼らとの間に強固な信頼関係が築かれた。

兵役を終えて帰国してからもその関係は途切れず、米兵（というか民間軍事会社の社員）がチベットでゲリラから回収した怪しげなパキスタン製のコピー兵器や、書類の改竄によって行方不明になった米軍の銃火器を容易にかつ大量に入手できるようになった。

「古東君、仕事がないなら、俺の商品を売る手伝いをしないか？　私は職人だから交渉は苦手なんだ」と北岡に誘われて、古東は受けることにした。古東もビジネス交渉はまったく得意ではないが「できません」と断っていては未来が築けない。

　米国も日本も、戦争へ駆り出した日本国民になんら保障を与えようとしない。それなら奴らが気づかないようにこっそり奪うだけだ。

　今夜の初取引でサプレッサー付き拳銃を高値で売りつけて半年くらいは働かなくて済む金を手にするはずだった。相手が品物を気に入って「もっと欲しい」と言えば、同じものをあと数丁売りつけてさらに二、三年のんびりできるかもしれなかった。

　それなのに今夜の初取引が予期せぬ侵入者によって台無しになり、そればかりかベーコンとハムが死んだ。

　ベーコンは五階から落下して潰れ、ハムは足場板で殴られて内臓破裂を起こして一分ほど鳴き続けたあげくにぷっつりと鳴き止み、死んだ。

　クズな人間がどれだけ死のうが古東には関係ない。クズはどんどん殺しあって消滅すればいい。だが犬は簡単に死んではいけないし、ましてや殺してはいけない。

　犬を殺した侵入者は、取引相手の馬面保坂の四人の手下もためらいなく効率的に殺して、保坂の高級外車を奪って逃げた。そしてこの建築現場を飛び出したところでほかの車と接触してすり抜けていったのを古東は二階から見た。

　拳銃で４発撃っても仕留められなかったため、せめて録画しておこうと４発目を放った後にすぐスマホを取り出して録画した。奴が逃げた後でただちに再生してみたものの撮影した場所が二階からだったので遠く、しかも薄暗く、そして敵が頭を低くしていたので顔はまともに映っていなかった。

いずれ警察がここにも入ってくるだろうが、令状がないからすぐに突入はできないだろうし、そもそも銃撃がここで起きたことがまだ確認できていないはずだ。

いま、保坂は殺された四人の手下の財布から運転免許証やクレジットカードなどをあわててせっせと抜き取っている。そればかりか一万円札まで抜き取るのを古東は目撃した。恐ろしげな面とやっていることのギャップが大きい。保坂は抜き取り作業を終えると今度は四人のスマホを回収し、若作り感ぷんぷんのレザージャケットの左右のポケットに押し込んだ。そして死んだハムの腹をそっと撫でている古東に話しかけた。

「なぁ、あんた。急がないとサツがここに入ってくるぞ。一緒に逃げないか」

古東はゆっくりと顔を上げ、馬にも嫌われそうな醜い馬顔を見た。その長い顔の口がぱくぱくと動いてしゃべる。「今夜の取引では俺もあんたも大損した。この上サツに捕まったら最低最悪だ。俺の車はあの人殺しが乗って逃げちまった。あんたの車に乗せてくれ。安全なところまで逃げたら、あの人殺し野郎をどうするか相談しよう。まさかこのまま引き下がるつもりはないだろう？」

古東がハムを両腕に抱えて立ち上がると、馬面は一歩あとずさった。そしてまた言う。

「早く逃げよう、な」

「それを返してくれ」

古東はまだ馬面がベルトに差している弾の尽きた自動拳銃を指して言った。馬面はそれを無言で、やや名残惜しそうに古東に返した。返してもらうと古東は訊いた。

「あんたに何ができる」古東は素朴な質問を投げた。

「あん？」

「このまま引き下がるつもりはないようだが、俺の犬を殺したあの野郎を捕まえるために、何ができるんだ、あんたは」

「いろいろできるさ、俺は千人近い兵隊を率いているんだ」

「兵隊？」

「そうだ、この国の未来を本気で考えて行動できる、俺に忠誠を誓ったイキのいい奴らだ」

あっさり殺された四人の手下も元気だけは良かったなと古東は思い返した。

「あんたは政治団体かなにかのリーダーなのか」

「不死鳥日本を知ってるか？」

なんだそりゃ、「がんばれニッポン」の亜流か。

「知らない」

切り捨てるように即答されたことで、馬面のプライドがいささか傷ついたようだ。

「そうか。あんたは戦争に行ってたから、知らないんだな」

そういうことにしておいてやるという、うっとうしい意図がうかがえた。馬面が勝手に続ける。

「俺の名は、保坂だ。俺は、不死鳥日本という本物の武闘愛国者団体の副会長で、名誉会長の参謀だ。詳しいことは車の中で話すから、とにかくここから去ろう」

「千人の兵隊を率いているなら、電話一本で大勢が助けにくるだろう」

古東は言い、ハムの亡骸を肩にかついで歩き出した。黒い上着に血がついても頓着しない。自分が育てた犬の血は、自分の血と同じで尊い。

「そりゃもちろん呼べば来るが、悠長に手下の到着を待っている時間がない。一秒でも早くここから出ないと」

結局、保坂を乗せるかどうかの返答は保留した。それより5階から落ちて潰れてしまったベーコンの亡骸の回収が優先だ。

二頭を愛車のダイハツ・テリオスキッドの荷台に乗せ、ブランケットで覆った。扉を閉じたら決心が固まった。

「乗れよ」と保坂に言った。好意から言ったのではない。乗せてやらないと何をしでかすか予想できず、気持悪いからだ。

保坂はほっとした顔になり、「恩に着るよ」と言って助手席に乗り込もうとした。

「待て、先に通りに出てサツがいないか確認するんだ」

有無を言わせぬ口調で古東は言った。実質的には命令だ。保坂の顔が怒りに歪んだが、「わかった」とだけ言って車から離れ、出入り口を覆っている白いビニールシートを恐る恐るめくり外を覗き、それから小走りに戻ってきて言った。

「サツはいない、早くずらかろう」

「乗れ」古東は冷たく言った。

建設現場から出て5秒後に発狂したようにサイレンを鳴らしまくるパトカーの軍団とすれ違った。最後尾には防弾仕様の装甲車がついていた。

本当に間一髪で危なかったが、古東は頭も心臓も妙に冷めていた。怒りも悲しみも喜びもなにもかも分け合ったベーコンとハムのいない世界で今更何かに熱くなったって、無意味というものだ。次に熱くなるのは、二頭を殺したあの男を追い詰めた時だ。

「あんた、さっき自分のハジキぶっ放したろう」

後ろにパトカーがついていないかちらちら確認しながら、保坂が言った。（ハジキ）という単語に古東は懐かしさを覚えた。

「犬を殺された」と古東は言った。それ以上発砲の理由は要らない。

「だからって、街中でサプレッサーもなしにぶっ放しちゃいけねえよ。どんなに頭に血がのぼってもよ。ところで、あんたの銃はなんだ？　見たところコルトガバメントみたいだが、銃身がやけに長いな」

面倒くさいが教えてやった。「ハードボーラーのコピーだ。パキスタンで作られたブツだと思う」

「へええ、他にもいろいろ持ってるのか？　パキスタンものを」

古東は答えないことでその質問が迷惑であることを伝えた。数分間、無言のドライブが続いて空気中に漂っていたサツの臭いというか電波というか、とにかくそういうものが消えうせた。

保坂も似たようなセンサーを備えているらしく、鼻から長く息を漏らし、口を開いた。

「で、まだ俺とあんたは取引できるぞ」

「へえ、そうかい」

ベーコンとハムが死んだ今、金にはほとんど興味がなくなっていた。すべてはベーコンとハムと穏やかに楽しく暮らすためだったのに、その二頭はもう動くことも食べることも鳴くこともない。

「俺の車に積んだ金を取り戻せればだが……」

保坂が忌々しげにその一言をつけ加えた。

「つまりあんたは手下を四人あっさり殺されて、車の中に積んでいた取引用の金もあっさり奪われたということか」

古東は保坂に、おのれのぶざまさを自覚させてやろうとしたが、馬面保坂は頭にすっかり血が上っている。

「金は普通じゃ気がつかないところに隠してあるんだ。取られることはないだろう」

「車を取り戻さなきゃ、取られたと同じだろ」

「わかってるって。あんたは犬を殺したあいつを捕まえたいんだろう？　俺も、俺の金を持ち逃げしたあいつを捕まえたい。なんとしてでも」

「でないと副会長から引き摺り下ろされるんだろ？」

保坂は答えない。答えないということは、返事はイエスだ。もしかしたら降格どころでは済まない恐怖のお仕置きが待っているのかもしれない。

古東は口の端を持ち上げて冷たく笑い、「あんたの兵隊を使って検問でも敷くか？」と冗談を言った。

「そんな大げさなことをする必要はない」

「大げさなことをしたら会長にバレて殺されるからな」

「いちいちうるさいぞ！　車の位置はGPSで一発だ」

保坂は言って、自分のスマホを抜いて追跡アプリを起動した。

「捕まえたぞ、くそ野郎が」保坂は一人で盛り上がっている。

「車は移動中か？」古東は訊いた。

「ああ、北東に向かっている。ほれ急げ、もっと飛ばせ」保坂が煽る。

「スピード違反はしない。俺はハジキを持ってるんだ」

古東はあくまで法定速度で運転した。そして保坂に訊く。

「あんたはあいつの顔をしっかり見たか？」

一番肝心なことである。ところが驚くべき言葉が返ってきた。

「いいや、あんたは？」

こいつ、俺を当てにしやがる。すっかり焼きが回っている。

「よく見えなかった」と事実を答えた。

「なんだぁ？　見てないのか？」

醜悪馬面が責めるように言う。ここが市街地でなかったら、黙って車を止めてこいつの口に45ACP弾を叩き込んでから引きずり出して路肩に転がすだけだ。清々するだろう。

「悪かったな。暗かったし、もう年だから目も良くないんだ」ちっとも悪く思っていない口調で、古東は言った。

「顔がわからないのか……はぁ」

保坂が、あてつけがましいため息をついた。

「でもスマホで録画した」

その言葉に保坂が唾を飛ばして怒鳴った。「それを早く言ええええっ！　見せろ！」

古東はグローブボックスの上にスマホを投げた。「見たきゃ勝手に見ろ」

さすがに保坂もスマホの動画再生の仕方がわからないほど機械音痴ではなかった。

「なんだこりゃ、顔がまともに映ってないじゃないか！」

見終えると保坂はスマホを外に投げ捨てそうなほど怒った。

「あの状況ではそれが精一杯だった。でも、もう一度見ればきっとわかる」と古東は言った。

「ああ、俺もそうだ」保坂は言ってスマホを古東に投げ返した。

俺はそうだがお前は違うだろ、と言ってやりたかった。

「あいつの動き……」

古東がつぶやくと「どうした」と食いついてきた。

「あいつは軍隊経験があると思う」古東は言った。「あんたの役に立たない手下をぶっ殺した手際を思い出すと、そんな気がしてくる」

「俺もちらっと見たが、自衛隊ではあんな派手なぶっ殺し方を教えるのか？」

「自衛隊じゃない、教えたのは。アメリカ政府と契約した民間軍事会社だ。徴兵された奴らは、チベットに送り込まれる前にアメ公の教官から一通り殺し方を教わるんだ。銃でも刃物でも素手でも殺せるように。もしあいつに銃を奪われていたら、俺とあんたは今頃こうして話していなかったろうよ」

「そんなことはねえさ、俺が返り討ちにあわせてやった」と保坂は否定した。階段をのぼっただけで息切れしていたくせに何なんだ、その自信は。

「それにあいつの履いていたブーツを見たか？」古東はあてにせず訊いてみた。

「ああん？　靴なんざ見てねえよ」

やっぱり。そりゃあてめえのもうろくぶりじゃ、そこまでは見てないだろうよと言ってやりたい。

「ベイツの戦闘用ブーツだった。向こうで目が腐るほど見た」

「向こう？」

「チベットだ」

「ああ、そうか。戦争にとられた奴なら、記録があるはずだな。それを見りゃあ一発だ」

いちいちイラつくおやじだ。そりゃあ、見れば一発だろう。だが軍の記録を見られるとでも思っているのか？　それとも不死鳥日本なら閲覧資格でもあるのか？

「何していたんだ、あんな無人のビルで」

古東は自分に問いを発した。まっさきに思ったのは、戦争に行かされて心身を病んで帰国して、仕事も家も友達もなにもかも失って社会とのつながりをなくしてしまったということだ。一歩間違えば自分がそうなっていた。危なかった。

「待て！　小便がしたい」突然、保坂がえらそうに言って古東の思考を遮った。「そこに公園があるから、止めてくれ、すぐ済む」

ここで馬小便を漏らされるのは嫌なので古東は黙って路肩に寄せ、止めた。

「早く行ってきな」古東は言った。

「お前はいいのか？」

余計なお世話とはこのことだ。

「いいから早くしてこいよ」

保坂は「おっこらしょ」と言って車から降り、スマホを持ちながら公園へと小走りで向かった。置き去りにして走り去ろうかと一瞬思ったが、待つことにした。

約20秒後、保坂がズボンのジッパーを全開にして陰毛を露出しながらガニ股でよたよたと走ってきた。

「大変だ、ＧＰＳのシグナルが消えた！　消えやがった」

「とりあえず、信号の消えた地点に行ってみる」古東は言った。そして全開のジッパーを指差し「俺の車に一滴でも垂らしたら、殺す」と警告した。

保坂が乗り込んでドアを閉め、やっとジッパーを上げた。

「それで、シグナルが消えた場所は？」古東は訊いた。

「ええっと、ここは……」

（さっさと教えろ）古東はじれた。

「岡地町三丁目だ」保坂が答えた。

古東は黙って車を急発進させた。

◆

「どうして刑事のお前が戦争に駆り出されたんだ？」

同じ隊のネヴィドという垂れ目のペルシャ系アメリカ人が英語で訊いた。

「知りたいのか？」

久米野は背負った火炎放射器の重量で腰を曲げて歩きながら、ナヴィドに訊き返した。

「ああ、興味あるね。時間もあるし」

確かに時間はある。どこかに潜んでいるかもしれないがたぶんどこにもいない敵との戦闘が始まる気配は、配属されてふた月経ったがまるでなく、ただ受け持ち地域を蟻のようにパトロールしているだけだ。

「ほとぼりを冷ますためだ」

久米野が答えると、ネヴィドが即座に「何の？」と訊いてきた。

「ある事件の捜査で、やらかした」

それに対してまた即座に「何を？」と訊かれた。

「どうしても逮捕してぶちこみたい、というか死刑にしたい奴がいてな。俺が刑事になって出会った中で、最悪のレイプ&人殺し野郎だった。そいつのことをなにも知らなくても同じ空間にいるだけで鳥肌が立って吐き気がしてくるような、気色悪い爬虫類系宇宙人みたいな奴だ。野放しにしておくとまた人を殺すのはわかりきっていたし、野郎も（またやる）と面と向かって俺に宣言しやがったんだ、楽しそうに」

足元で小石がずるっと滑り、ずっこけそうになった。本当にこのくそ重たい火炎放射器は忌々しい。

「それで？」ネヴィドが訊いた。

「何人もの女性を殺しているのに証拠が不十分だったから、奴を逮捕するには奴がまた誰かを殺さない限り無理だった。だが、そうさせるわけにはいかない。奴を殺すしか犯行を止める手段はなかったんだ」

「で、まさか殺したのか？」

「結論から言うと、失敗した」

「どう失敗したんだ？　詳しく話してくれよ」

「強盗に襲われて殺されたように見せかけようと思ったんだ」

ネヴィドの垂れ目がますます垂れた。

「おいおい、あんたは刑事なんだろ？」

「そうだ」

久米野はネヴィドに手を貸してもらい、岩を乗り越えた。

「どうしちまったんだよ、そんな刑事からいちばん遠く離れたことを本気で考えちまうなんて」ネヴィドが気の毒そうな顔をして言う。

「どうしちまったかって？　あいつが殺したに違いない5件の強姦殺人事件の資料を読んで熱を出して寝込んで、被害者の死体を検分して10回以上吐いて、悲しみのあまり気が変になった被害者の遺族に会って自分も泣いて、いざあいつに会ってあの小さなブラックホールみたいな爬虫類目でじいっと見つめられて、殺した被害者をさらに貶めるようなあの野郎の話を延々聞かされて、あげくのはてに人間のものとは思えないような鼻にツンとくる臭いの唾を服に吐きかけられたら、ネヴィド、お前にも俺の気持がきっとわかると思う。あいつは人間でなくて、邪悪そのものなんだ。本当に、殺すしか、あいつを封じ込める手段がないんだ」

「オーライ、わかったよ。で、どうしくじったんだ？」

「あいつは、殺人未遂を含む前科七犯の頭のおかしい母親が遺した築40年以上のボロい木造一軒家に、十年以上一人で住んでいたんだ。だから、奴が寝たら侵入して絞め殺すか殴り殺すつもりだった」

「わかった、その先を当ててやろう。寝ていると思った相手が起きていて、銃を突きつけられたんだろ？」

久米野は小さくため息をついた。

「ネヴィド、お前が知らなくても無理ないが、日本では一般人は銃が持てないんだよ」

「え、本当か？」

「ああ」

「意外と遅れてるなぁ、日本は。じゃあ何がどうして殺しのプランが狂ったんだ？」

「落とし穴に落ちた」

「ホワット⁉」

ネヴィドが、前を歩く隊の仲間たちが振り返るような声を上げた。

「裏庭にでっかい落とし穴が掘ってあって。そんなものがあるなんてこれっぽっちも思わなかったから、まんまと引っかかって落ちたんだ。急いで這い上がろうとしたんだが、穴が深かった。野郎が穴の上から俺をライトで照らして、スマホで録画したんだ。言い逃れできない証拠を撮られた。その後で俺は謹慎処分になって、懲戒免職になるかと思いきや上層部の政治的配慮ってやつで戦争に行かされることになった。戦争に行くか、懲戒免職になって逮捕されて名前と顔を世間にさらされるか、二者択一だった」

話の最後の方をネヴィドはまともに聞いておらず、落とし穴の部分だけを面白がっていた。

「落とし穴って、傑作だなぁおい！　21世紀になったってのにそんな原始的な罠を考えつく奴も、それにまんまと引っかかる奴も。それで、変態殺人鬼はどうなったんだ？」

「どうもならない。戦争に行かされることもなく、今頃楽しく次の獲物を物色してるだろうよ。もしかしたら今まさに女の首を包丁でざくざく切り落としているかも」

「警部っ」

女の声で久米野は目を開けた。

「梅津のアパートに着きました」と小桜が言った。

アパートの大家立会いの下で、梅津の部屋のドアが開けられた。だが、法律上できるのはここまでだ。家宅捜索令状がないから部屋に立ち入ることは許されない。

「小桜君、下で大家さんから梅津さんのことについてできるだけ詳しく話を聞いてくれたまえ。生活ぶりとか、交友関係とか、訪ねてきた者はいなかったかとか」

女性大家の心証を悪くしないよう、久米野は丁寧な言葉遣いで小桜に言った。

小桜は「わかりました」と言い、大家を促して階段を下りていった。

邪魔者がいなくなった。

法を無視して部屋に入る前に玄関からざっと眺める。貧しいが、整理整頓されている。ゴミなどは散乱していない。ハンガーポールにはTシャツやパーカなどがかけてある。デニムのパンツは折りたたんで小さな椅子の上に置かれている。布団は敷きっぱなしではない。窓を30㎝ほどあけて換気している。

もとから清潔好きなのか、徴兵されて訓練兵生活を送るうちに整理整頓清潔が身について、帰還してからもその習慣が続いているのか。

玄関にある履物はトレトンのキャンバススニーカーとビルケンシュトックのサンダルのみ、軍隊経験者がよく履くブーツはない。ということは今履いているのか。

「入っていいか？」

久米野はここにいない部屋の主にお伺いを立てた。

「ありがとう、おじゃまします」

久米野はベイツのタクティカルブーツを脱いで部屋に上がった。

女の気配は皆無だ。たたんだ布団の上にM27ライフルのトイガンを見つけた。これが現在の彼女ということか。二人の記念日を忘れても泣いて怒ったりしない、まとめサイトに載っていたお洒落なオーガニックカフェに連れて行けとも言わない、なぜ私の友達ばっかり紹介させてあなたの友達は紹介してくれないの？　私のこと本当は愛していないの？　などと詰め寄ったりもしない。

幅40cmほどの細長い本棚には、本に埃がつかないように上から布がかけられていた。パソコンはどこにも見当たらない。

「見てもいいかい？　ありがとう」

布をめくった。本とCDだった。コミックはない。

『君は組織に所属しなくても生きていける』『すっきりわかる！　気になる薬の副作用』『うつヌケ』『フリーキーディーキー』『二都物語』『珍世界紀行』『夏への扉』『地上最後の刑事』『ゲルマニア』『特捜部Q　檻の中の女』『つゆだくの（だく）とは、いったい何ccなのか』『腰が痛いな、と思ったら読む本』『最近つかれやすくありませんか？』『ふさぎがちなあなたの心の操縦術』『究極網羅！　東京下町ネコ名鑑２０１

9年度版』『死ぬまでに見ておきたい世界遺産666』『純喫茶　都会のオアシス』『イルカのコリンズさん　深海に出かける』『イルカのコリンズさん　古書店をひらく』『イルカのコリンズさん　幽霊のソロンズさんと出会う』『映画秘宝オールタイムベスト10』

表に出ている本の奥に幼児ポルノ系や陰謀電波系や偏向歴史系や敵国を殲滅せよ系やテロ準備系の本が隠されてないかと何冊か抜いて確かめたが、そういうものはなかった。

突然けたたましいアラームが鳴り出し、久米野はそれが何であるか脳が認識するよりも先に手にした本を落として拳銃に手をかけて引き抜くと、第一弾を薬室にこめた。自動車の盗難防止アラームだった。10秒ほど鳴り続けて、止まった。

久米野は「ふうっ」と鼻から息を吐き、拳銃の撃鉄をデコッキングしてホルスターに戻した。小桜がいなくてよかった。いたらバツの悪い思いをしたところだ。

本を拾って戻し、CDに目を移す。

アーティスト名からもタイトルからもジャンルや国が推測できない作品群の中で唯一、久米野が知っている名前が目に飛び込んだ。

ケニー・バレル。ジャズギタリストの巨匠だ。それを抜いてタイトルを見る。『Soul Call』久米野が持っていないものだ。ブルーノートのレーベルではない。

「これ借りていいか？　ありがとう。ちゃんと返すよ」

久米野は部屋に向かって言った。ＣＤを上着のポケットに滑り込ませ、洗面所に向かおうとして足の先が何かを蹴飛ばした。白い物体だった。

ギネスブックが『世界一セラピー効果のあるロボット』と認定したアザラシのパロが転がっていた。拾い上げてもパロは目を閉じたまま反応しない。バッテリーがなくなったか、抜かれたかのどちらかである。

長い間放置されているらしく、ふわふわとした白い毛を叩くと大量の埃が舞った。

久米野も戦争から帰ってきて警察に復職するまでに一月半ほどこのセラピーロボットの世話になったので、このようにネグレクトされているのを見ると心が痛む。

久米野はパロを左腕に抱えたまま、洗面所に入った。洗面台はすぐに水があふれて床が水浸しになりそうなほど小さい、いかにも昭和の遺物だ。

歯ブラシ、歯磨きペーストがプラスチックのコップに入れられ、ハンドソープのボトルもある。

鏡は、中央部分以外はだいぶ曇ってきている。その鏡の下の縁に指をひっかけて引くと、ぱかっと音を立てて開いた。

薬局でもらう紙袋が目に飛び込んだ。

「お前もか」

思わずその言葉が漏れた。お馴染みの降圧剤であった。二ヶ月分と書かれている袋を手に取って中を覗くと、錠剤は3錠しか残っていなかった。さぞかし不安だろう。早急に処方してもらう必要がある。

階段を上がってくる小桜の足音がしたので、久米野は洗面所から出てパロを布団に放り投げ、三歩で玄関に戻ってブーツに足を入れてサイドジップを引き上げ、通路に出る。小桜が早足でやってくる。顔が緊張しているので重大な情報を得たのかもしれない。

「警部、大家さんとの話は終わりました」小桜が言った。

「収穫あったか？」

「ほとんどないです。それより大家さんと話している時に無線で応援要請がありました。岡地町三丁目で車が燃えているそうです」

「近くだな」

「だから私たちに急行して欲しいと」

「そんなの消防の仕事だろう」

「通報者の話によると、開いたトランクの中に、切断された人間の手が見えたそうです」小桜がさらっと言ってのけた。

「手？　手だけか？」

小桜がうなずき、「今のところ、両手首から先だけです。それがふたつ」と答えた。人体の一部が見つかったとなると「民事だ」と言って流すわけにもいかない。

「消防は向かっているんだな?」

「ええ」

「俺たちも行こう」

「はいっ」

小桜の返事は、少し嬉しそうに聞こえた。

◆

「くそったれ、よくもやりやがったな!」

燃えている自分の車を遠くから見て、保坂はくやしがった。くやしがり方に威厳がない。車は多くの警察車両、消防車両、それに火事を見物しに来たヒマな人間たちに囲まれていて、持ち主であっても容易に近づけない。火はすでに消えているが煙はいまだにもくもくとたちのぼっている。

「これで警察があんたから話を聞くために、あんたを呼び出すことは間違いないな」

古東は言った。

「ちょっと公園のトイレに立ち寄ったら盗まれたと言うさ」

そんな言い訳が通用すると思うのはこいつの勝手だ。

「車の中に金があったんだろ？」

「特注の耐火金庫に入っているから大丈夫だ」自慢げに保坂が言った。

「あいつが持ち去ったかもしれない」

「見つかってやしない」保坂が断言した。

「どうして言い切れるんだ？」

保坂が答えなかったので、古東はさらに言った。

「あいつが金庫の存在に気づかず車に放火して逃げたんなら、車の中の私物はいずれあんたに返却される。金庫もな。だとしたらあんたがあの男を追いかける理由はもうないだろ」

「いや、ある。あいつは俺の手下を四人もぶち殺して車を奪って燃やした。そんなことをしておいて……」

古東は遮って言った。「でも金は無事だろ？」

「あの車がいくらするか知ってるのか？」

話題をころころ変えやがる。

「さぁね、さぞかし高いんだろ。あの男を捕まえたところで、はなから返済能力はないと思うが」

「俺は、この国の真の愛国者たちを束ねている組織のナンバー2だ」

「ナンバー1じゃないことはわかった」

古東を無視して保坂が続ける。

「そういう人間は、無名の個人の犯罪者なんぞになめられては絶対にいけないんだ。それが男のブランディングというものだ。ブランディングの意味は大卒じゃなくてもわかるだろ？　とにかく、金が無事だからと言って奴を逃がすつもりはない。さぁ車に戻ろう」

保坂は言い、野次馬たちを威嚇するように掻き分けて、早足で歩き出した。古東も一拍おいてから彼のあとに続く。

前を歩いている保坂が転んだ。

「男のブランディング」なんて言葉を口にし、野次馬たちを威嚇しておきながら、段差があるわけでもないのにすっ転ぶというそのぶざまさに古東は苦笑した。

ブランディングはどうした、おやじ。

声をかけようとしたが、すぐに何かおかしいと感じた。

「きゃあああ！」

薄桃色の上下ジャージ姿で火事をぼんやり見物していた女が、転んだ保坂を見て自分が殺されるかのような悲鳴を上げた。周囲の空気がぴーんと張り詰めた。

保坂が立たない。両手で首を押さえて口から妙な音と鮮血を漏らしている。古東の頭の中で赤いランプが点滅しはじめた。

「この人刺されてるぞっ！」別の野次馬が声を上げた。

「誰かなんとかしてやれよっ」「救急隊員呼べ！」「マジかよこれ」「おまわりさーん！」

保坂の周囲にいた野次馬たちが一斉に後ずさり、小さなステージができた。その真ん中にはすでに小さな血の池ができていて、保坂が両足をばたつかせていた。

古東はすばやく周囲３６０度を目でスキャンした。

あいつがすぐ近くにいる。俺を見ているかもしれない。

車を燃やして、持ち主をおびき寄せて、野次馬にまぎれて近づいて、殺した。静かに、正確に。古東の背中に寒気が走った。右手を上着の内側に差し入れ、拳銃のグリップを握る。

あいつの気配が消えた。もういない。俺のレーダーからは消えた。古東はグリップから手を離し、自分の車に戻るべく歩き出した。掌に滲んだ汗をパンツでぬぐう。

なんてことだ、まったく。あの野郎に翻弄されっぱなしだ。なぜあいつは俺ではなく、保坂を殺したのか。保坂の方が手下を四人連れて大物に見えたからか？　それとも単に隙が多くて殺しやすかったからか？

「俺は焼きの回った保坂とは違うぞ」古東は独り言をつぶやいた。「てめえを必ず殺す」

野次馬の輪から抜け出して人気のない路地に戻ってきて自分の車が見えてくると、ふたたび上着の内側に手を差し入れ、周囲を警戒する。

俺はちらっとしかあいつの顔を見ていないが、あいつは足場板の陰からたっぷりと俺の顔を見ていた。今のところあいつのほうにアドバンテージがある。

車の周囲にも、車の中にも、誰も潜んでいないとわかると運転席に乗りこんでエンジンをかけた。

俺一人になった。ならば、俺なりのやり方であいつを捜そう。俺もあいつも帰還兵だ。きっと共通点がある。その共通点が、俺をあいつのところへ導いてくれるだろう。

古東は首をひねり、後ろに横たわっている二頭に声をかけた。

「もう少し辛抱してくれよな。おまえたちの仇は、何を犠牲にしてでも、ぜったいにとるからな」

◆

燃えている車を見ようと集まってきた野次馬たちの中で人が刺されて死ぬという異様な展開になった。

久米野と小桜が現場に到着した時には、車両火災の件で出動した警官たちが慣れていない現場保全を始めたばかりだった。二つの現場に対応できる数の人員がおらず、経験不足による手際の悪さも否めず、大事な証拠をだめにしてしまいかねない。まもなく鬼の機動捜査隊がやってきて威張り散らしながら初動捜査にとりかかる。そうなったら久米野たちなど「邪魔だ、帰れ」と言われるだけだ。しかし到着するまでは現場を守り、時間とともに急速に薄れ消えていく目撃者たちの記憶を少しでも多くかき集めなければならない。久米野と小桜は目撃者探しを始めた。

「女の子のすごい悲鳴が聞こえて、なんだ？　と思ってそっちを見たら男の人が倒れていて、首から血を流してました、すごくたくさん」

「俺のこと突き飛ばしたおっさんが、ふと見たら倒れてて血だらけだったんだ。ぎょっとしたよマジで」

「喧嘩が起こったわけでもないのに、男性が倒れてて足をばたばたさせていて、もう助からない感じでした」

「みんなどんびきして後ずさったよ、だって首からどくどく血があふれてたんだもん」

「ひどいことする奴がいるもんだ、一刻も早く捕まえてくれよ」

久米野が知りたいのは、刺されて死んだ男は誰かと一緒だったのか、それとも一人で火災現場を見ていていきなり刺されたのか、刺した人間はどんな容姿だったか、刺した人間はその後どこへ行ったのか、そういうことなのだが、気味が悪いほどそっちの目撃情報がない。

まるで殺される人間にしか見ることのできない死神の犯行みたいだ。

「暗殺のプロのしわざなんじゃないかねえ、女刑事さん」

大いにヒマでしかも話し相手に飢えている感じの初老の男が小桜に向かって熱心に話している。

「だって衆人環視の中で人をぶっ刺して幽霊みたいに消えるなんて、並みの人間にゃできっこないでしょう？　ところであんた、ずいぶん若くて美人さんなのに刑事なのかい？　すごいねぇ、『羊たちの沈黙』のクラリスみたいじゃないか」

本当に、刺して逃げた人間を目撃した者はいないのか。

そもそも、なぜ車両火災を見ていた野次馬を刺すのか。刺した奴は誰でもよかったのか、最初から被害者を狙っていたのか。

ヒマな老人からようやく逃げられた小桜が近づいてきて、唐突に言った。

「この刺殺事件と車両火災は、関係あるんでしょうか」

久米野は面食らった。「関係あると思うか?」

「被害者の身元がわからないとなんとも……」

「俺もそうだ。刺した奴をまともに見た人間がいないとなると、あとは余計なことは考えずに、機捜がくるまでの間この事件現場を守るだけだ。引き継いだら俺たちの仕事に戻る」

「あの、すみません、久米野警部」

おそるおそるといった感じに、まだ顔にあどけなさの残る若い警官が声をかけてきた。

「こちらの女性が、不審な人物を見かけたそうです」

若い警官に紹介された女性は40歳くらいで、潤いがなく、とにかく色々なことに疲れてかつ不機嫌そうであった。

「わかった。持ち場に戻ってくれ」

久米野は若い警官に言って、後を引き継いだ。

「ご協力ありがとうございます。不審な人物とは、どんな人物ですか?」

「その男、あたしを蹴飛ばしたんですよ!」女はいきなり怒った。「もう少しで階段から転げ落ちるとこでした。そいつを暴行罪で告訴したいんです。捕まえてくれますか?」

正直言って相手にしたくないタイプだが、情報は要る。

「どんな男でした？　年齢とか背丈とか髪の長さとか、なんでもいいので覚えていることを教えてくださぃ」

「ていうか転ばされたんですよ、そいつにぃ」

むしゃくしゃしてたまらないようだ。こういう人間にはうんざりする。それでも「災難でしたね」となだめる。

「見てよこれ、スカートがダメになっちゃったわよ！」

うるさい、と心の中で怒鳴りつつ、辛抱強く訊く。

「イケメンでした？」

いきなり小桜が女に質問した。女が「ぜんぜん」と即答した。「イケメンだったらもっとよく覚えているはずだし、こんなに腹は立たないわよ」

「まったくそうですよねえ、顔はごらんになりました？」

「見たわ、むかつく顔よ、暗くて……」女が吐き捨てた。

「もてなさそう？」と小桜があとを継ぐ。

「はっ、もちろんよ！　あんなのがもてるわけないしぃ」

久米野は小桜に任せてみることにした。小桜は経験を積めるし、自分はもてない女の相手をしなくて済む。

「どこの階段で突き飛ばされました？　案内してもらえますか？」

「もちろん、こっちよ」

中年女はすたすたと歩き出した。小桜と久米野もついていった。

「そこよ、そこ」

そこは、燃えている車を見物するには具合の良い高さの場所だった。幅1・5メートルほどで約30ステップある階段の先は、街灯の少ない住宅街の細い路地だ。姿をくらますには都合よさげである。

「どの辺に立っていらしたんですか？」と小桜が訊く。

「上から、四、五段目よ。手すりにつかまって燃えている車を見たのよ」

三人は連れ立って階段をのぼり、女が上から5段目に立って、その時の様子を再現した。

「そしたらいきなり、あの男が、あたしの足元にある手すりを支えている棒を片手でぐっと掴んでよじのぼってきたのよ！」

「えっ？」小桜が驚いた。「下からですか？　この高さを？」

「そうよ、猿みたいでしょ？」

久米野はここにいたって初めて女の話に興味を持った。

「ひょいっとよじのぼってきて手すりを乗り越えたの。その時、またいだ足があたしの腰にあたって、あたしよろけて、もう少しで階段から落ちるところでした。それなのにあいつ、すみませんも言わないで……」

久米野は黙って階段を下り、女の真下に立ち、女と小桜を見上げた。それから手すりを支えている一本の鉄棒に左手を伸ばしてぐっと掴んだ。

久米野が再現してよじのぼってみせると、女が目を丸くした。そして言う。

「そうよ！　そういう感じで上ってきたの！　そっくりだわ、ていうかまったく同じよ」

「小桜、ちょっと」

久米野は言って彼女を呼び寄せた。

「軍人だ。俺も基礎訓練で教わったよじのぼり方のひとつだ。スパイダーってみんな呼んでた。元はボルダリングのダイアゴナルというテクニックだが、訓練では早さを重視してもう少しラフにやってた。それで手首を折って帰国が決まって、泣いて喜んだ奴もいた」

少しは笑うかと思ったが、小桜はにこりともせずに言った。

「被害者を刺殺した犯人でしょうか。だとしたら、あの先にある防犯カメラに映ったでしょうね」

「顔は当然隠しただろうな」

「もしかして、梅津という可能性は……」

「それは飛躍しすぎだ」

久米野は否定したが、まさに今、自分の頭をよぎった思考と同じだった。飛躍しすぎだが、妙に引きつけられる。

「すみません、たしかにこじつけが過ぎま……あ、ちょっと待ってください」

小桜は少しの間無線連絡に聞き入っていたが、顔を上げて久米野を見た。

「なにかあったのか」

「梅津のアパート前の路地をうろついている男がいて、見張りの警官が職務質問しようとしたところ、全力で逃走したそうです。服装が梅津によく似ていたそうです」

「様子を見に戻ったな」

久米野は確信した。でなければ大事な薬を取りに。

「でも逃げた」小桜がつぶやいた。

「帰る家をなくした奴は、より危険になる」久米野は言った。「あのおばさんに、もっと詳しい話を聞こう」

◆

「もちろん、ここで教わった殺し方を戦場で使わずに済めばそれに越したことはないし、教官の私も、それを願っている。お前たちはあくまで民間人非戦闘員だからな」

訓練教官のグラント一等軍曹は、梅津たち日本人訓練生に向かって言った。

「だがな、何が起きるか、あるいは何が起きないか、わからないのが戦争というものだ。敵の人民軍、あるいは人民軍のために蛮行を繰り返しているゲリラ民兵に、こちらの戦闘員と非戦闘員の区別はつかない。敵との間に非戦闘員は攻撃しないという取り決めもない」

何度も何度も言われてきたことだ。

「だからこれからお前たちが、敵に殺されないために、あるいは捕まっていっそ死んだほうがましという惨めな姿に変えられてしまわないよう、殺し方を教える。何度も何度も繰り返せば体はそれを覚え、お前たちのリベラル寄りの司令塔であるここからの……」

グラント教官は人差し指で額をとんとんと叩いた。

「指令よりも体は早く殺すことができる。またそうでなければ殺されてしまう局面が、戦場ではしばしば起きるのだ。殺し合いを制するのは、絶え間ない訓練と、運だ。運はどうにもできない。だから訓練に全力を注ぐんだ」

「扁桃体は知っているな？　アーモンドの形をした神経細胞の集合体だ。お前たちの脳みその底の方に隠れている小さな奴だ。だがこいつは小さくても、非常に大事なパーツだ。人間がまだ言語を持たず、野生動物や異なる種の類人猿との殺し合いに明け暮れていたころから、こいつは一生懸命働いて、ホモ・サピエンスという種を生き延びさせてきた。こいつにくらべたら前頭葉なんて、生まれたばかりのガキだ。殺すか殺されるかという状況では、リベラルな前頭葉なんて役に立たん。お前たちを助けてくれるのはこのちっちゃな、怒りん坊のアーモンド君だ。お前のアーモンドを愛せ、可愛がれ、そうすればお前たちは必ず生き延びられる」

教官は脳みその解剖図に記された扁桃体に赤いサインペンでハートマークを書き込んだ。

「ラブ・ユア・アーモンド！」

「ディスコネクトだ！　前頭葉を脳みそから切り離せ、そいつは戦闘では何の役にも立たん。お前の足を引っ張ってお前を危険に陥れ、仲間も危険にさらす。だからディスコネクトしろ！　お前の肉体はアーモンドが操縦する。アーモンド機長だっ！」

「もちろんこれはシリコンゴムで覆われた人型ロボットだが、実によくできた日本製のコンバット・プラクティス・ロボットだ。見ての通り、敵国のむかつく平均的な男の面をしている。今から一人ずつ、こいつをナイフでズタズタにする。驚いたことにこのドールはポンプ内臓でどこを刺してもちゃんと血が出る。そしてリモコン操作で悲鳴も上げるし、汚い言葉も吐く。やってみせよう」

教官がワイヤレスリモコンのスイッチを押すと、人形の喉に埋め込まれたスピーカーからプリセットされた喧嘩言葉が次々と飛び出した。

「この短小猿がっ！」「核爆弾落としてやるかおらっ！」「てめえの妹をファックしてやるぜ」「お前に俺が殺れんのかよ、ああん？」「なんだこのボケ面野郎、俺とやるってのかおう！」「俺様の靴をなめろ、負け犬が」

訓練生たちが笑った。こんな機械の声を真に受けて怒る奴なんていないだろと、梅津も他の訓練生たちも思った。

「俺様の靴をなめろ、負け犬が」

シリコン野郎が侮辱したので、梅津はカッとなってロボットに飛びかかり、蹴り倒した。そしてベルトにぶら下げた鞘からナイフを抜く。怒りが激しすぎて最初にどこを刺すのかど忘れしてしまった。とりあえず憎たらしい顔の真ん中に刃を突き立てると教官に怒鳴られた。

「ばかもんまず喉だあっ！　喉を突けえっ！　思い切りぶっ刺せ！」

ああそうだ、喉だ。ブレードを下から突き上げてロボットの喉を突き刺した。ブレードがシリコンゴムの肉にズブッと滑り込む。このケイバーナイフは凄い切れ味だ。本物の人間の肉もこんな感触なのだろうかという思考が頭をよぎった。

本物そっくりの色をした血糊がシリコンの皮膚の下からどくどくとあふれてきた。

教官の声が梅津の頭の中に土足で踏み込んでくる。

「ブレードをひねって傷口をガバッと広げろ！」

ガバッと広げたら、シャッ！　と音を立てて血糊が噴出した。

「細くてちっせえ目玉を突け！　抉り出しちまえそんなもん！　そうだいいぞっ、今度は腹を突き刺せっ、左手を添えて背骨までとどかせろ！　よぉし今度は内腿の動脈をぶった切れ！　斜めに切れっ！　そうだ、それでいい。気持いいだろ。スカッとするだろ！」

「やめでぐれええ……」ロボットの口から大量の血糊とともに録音された言葉が漏れた。こんな言葉までプリセットされていたのだ。

「ごろざないでぐれええ……じにだぐないよおお……」

「うるせえっ！」

梅津はロボットの唇を削ぎ落とした。丸洗いできるナイロンの体操マットに本物と見分けがつかない血の池が広がった。

梅津は立ち上がり、ずたずたになったロボットに唾を吐きかけた。

「グッドジョブだ、梅津」

教官が褒めてくれた。

「俺が、今から15秒フラットでこのでかくてぼんやりしたチベット山羊を、ブッシュナイフ一本で叩き殺して解体してやるから、よく見てろよ。誰か時間をはかれ」

教官は本当にやってのけた。その後で訓練生全員に山羊のステーキが振舞われたが、はっきりいって不味かった。

「敵はお前を人間だと思っていない。破壊すべき、動く肉塊に過ぎない。だからお前も、敵を人間だと思ってはいけない。幸いにも、奴らは本当に人間じゃないんだ。俺はシリアスだぞ。奴らはテロの遊星Xから地球に侵略してきた心を持たない、人間の形をした虚ろな化け物だ。外見に惑わされるな。奴らが人間の形をしているのは、お前たちを惑わせ、攻撃をためらわせるためだ。まったく性質の悪いエイリアンだ。戦場で少しでも油断したら奴らに解体されるぞ。そんなことさせるな、お前らが奴らを解体するんだ！」

◆

家をなくして無人のビルで寝泊りしていたあいつ。保坂のおやじを殺してもそれで終わりでないことくらい、あいつもわかっているだろう。

「どうする」

俺があいつだったら、どうする？　やけになって自殺でもするか？　通り魔になるか？　いや、しないな。

ふと気づくと路肩にパーキングメーターがあったので、空いているスペースに車を止め、100円玉を3枚投入して、車内に戻る。シートをリクライニングさせ、足を伸ばし、考える。

あいつ、何かの依存症だったりはしないだろうか。

戦争に駆り出されて帰ってきた奴の多くは戦争に行く前の自分に戻れず、社会にも邪険に扱われるから、アルコールやドラッグや倒錯セックスや自傷行為などにおぼれて身を滅ぼす。自分のつらさをわかって欲しくていまさら時代遅れのSNSにのめりこみ、共感され慰めてもらうどころか妄想電波平和主義者どもから「殺人マシン」「洗脳野郎」「赤ん坊殺し」「戦争レイプ魔」「一生病院に入ってろ」「首洗って待ってろ」などとネット上であらゆる世代のバカなひま人から罵詈雑言の袋叩きに遭って発作的に自殺してしまった奴もいた。ネット内でおさまらずに住所を特定されて嫌がらせされた者もいる。それればかりか死んだ後に墓標を荒らされていたずらされた者さえいる。

俺が滅びなかったのは、ひとえに犬がいたからだ。ベーコンとハムが。感傷の高波が襲ってきそうになるのを意思の力で抑え込む。

あいつもきっと何かに依存しているはずだ。

スマホの着信履歴を開いて、指先でどんどん下の方へスクロールしていく。名前さえ登録していないろくでもない奴だが、そいつが電話をかけてきた日はおよそわかっている。

これだ、消していなくてよかった。こいつの名前、なんといったっけ。まあいい、あいつは自分の名前を覚えてもらえなくても気にしやしない。何か買ってやればハッピーなのだ。まだ生きているといいが。

かけたらすぐに相手が出た。

―あい？

「よく聞いてくれ。俺は今年の二月六日に、戦争帰還兵仲間だと名乗るお前から怪しくてうっとうしい営業電話をもらって、気持の明るくなるクスリを買わないかと勧められて、うっとうしいんでお前に向かって（ぶっ殺すぞ）と言って切った男だ。覚えてるか？」

電話の向こうで男が大きく鼻をすすりあげ、それから言った。

—そりゃあずいぶん前のことだなぁ。それに、殺すぞなんて陳腐な脅し文句はしょっちゅう言われてるから、覚えてねえよ。

どこまでも明るく無責任そうな話し方だった。

「帰還兵の連絡先をたくさん知っていると自慢してたよな？　本当か？」

—まぁ、俺も帰還兵の端くれだし、ちょっとばかり個人情報に近づきやすい立場だからな。で、何が欲しい？　いろいろ扱ってるぜ。

「本当に、帰還兵の連絡先をたくさん知っているのか？」

—どした、戦友でも捜してるのか？　それなら力になってやれないこともないぜ。

同情するような言葉をかけられても古東には響かない。

「名前も行方もわからない戦友を捜している」古東は言った。「そいつが戦争で心身ともにボロボロになって、お前が売っている粗悪なドラッグに頼って依存症になってやしないか心配なんだ」

—言ってくれるねえ、あんた。言っとくけど俺の扱ってる商品に、粗悪品なんてないぜ。

「だったら一度試してみたい」

―そうこなくちゃ！　後悔はしねえぜ、それは保証する。粗悪品なんか売ってたら俺はとっくに殺されてるってもんだろ？

「急で悪いが一時間後くらいに会えるか？」

―おぉいいともさ。で、何が欲しい？

「気分が明るく軽くなる薬だ。数種類、適当にみつくろっといてくれ、質の良いものをな」

―オッケー。財布を忘れんなよ。現金オンリーだ。ところであんた、名前はなに？

「ベーコンハムだ」と古東は答えた。

―なんだそれ、ふざけてんのか？

「俺は大真面目だ。お前の名前は？」

―ロータス（蓮）と呼んでくれ。

古東はロータスに待ち合わせ場所を指定し、「遅れるなよ」と念を押した。


ロータスは骸骨のように痩せたM字ハゲで、わずかに斜視だった。服は上下1980円くらいで売っていそうなジャージだが、靴はタクティカルブーツだ。左手の甲に、チベットに送られた奴が戦地でよく彫るタトゥーがある。だがそれだけでは充分でない。

ロータスは古東をひとめ見ただけで取引相手の帰還兵だと見抜いた。

「どう見てもあんただな？」とロータスが話しかけてきた。

古東はうなずき、「所属部隊は」と挨拶抜きで訊いた。

「152」ロータスが真顔で答えた。

「小隊長の名前は」

「リチャード・マッケイ、黒人だ。35のくせに口癖が（Was like）でキモかった、あの野郎」

「トレーサー（曳光弾）の別名は？」

「デステイル（死の尻尾）」

「レーションの12番の肉は？」

「羊に決まってるだろ。俺は一度も食わなかったけどな」

「隊にひとつずつ支給されたタフブックの、ケースエッジのゴムの色はなんだ」

ぷっ、とロータスが吹いた。

「ひっかけようったってそうはいかねえよ、みんな黒に決まってんだろ」

「その通りだ」

「試験はパスか？」

「いいけど、いきなりアレとか出すなよ」ロータスが軽口を叩いた。

「とりあえず乗れ」

「で、何が欲しい？」

「一応な」


「この動画、見てくれ」

「あん？」

古東はロータスの顔の前にスマホを差し出して、動画を再生した。

「なにこれ、映画学校の卒業制作？」

「リアルだ。この逃げていった男に見覚えはないか？」

「もういっぺん見して。スロー再生で」

「スローはできない」

「できるよぉ、アプリを入れれば。知らないのか？」

「じゃあ、教えてくれ」

ここは下手に出ておく。ロータスに教えてもらったアプリをスマホにダウンロードすると、確かにスロー再生できたが画質は汚く、滑らかでもない。

「綺麗にスロー再生したきゃはじめからハイスピードモードで撮れよ」ロータスが説

教がましく言う。

「で、見覚えはあるか?」古東はもう一度訊いた。

「ねえな」

「本当か?」

「お前にウソついて何の得がある?」

まぁ、ない。

「へへっ、こいつためらいなく人間撥ね飛ばしやがったな。俺も帰還兵だけど、こんなひでえこたぁしねえ」

「お前、戦闘はしなかったのか」

興味が湧いたので、訊いてみた。

「前線に送られたけどウチの小隊は幸運なことにいっぺんも戦闘に巻き込まれなかった。ゲリラどもの痕跡を探して、死ぬほど山歩きしただけだ。俺にとってのチベット戦争は、ライフルを担いだ死体見物のおまけつきハイキングだった」懐かしむような声でロータスは言った。「一番危なかった瞬間は、隊長がクレイモア地雷のワイヤーにブーツのつま先をひっかけた時だ。漏らしやがったよ、あいつ、ひひ」

何度も苛烈かつ長時間の戦闘に巻き込まれた者もいれば、こいつみたいな者もいる。それを運と呼んで片付けてしまうには、明暗が激しすぎる。

「で、気分あげあげが欲しいんだったな？」

「いらない」

「なに？」ロータスの声がとがった。

「金はちゃんと払うよ。そのかわりして欲しいことがある。セロトニン誘発系の強いクスリを買いたいっていう帰還兵っぽい奴から電話がかかってきたら、俺に知らせてくれ」

「帰還兵っぽい奴って、大雑把だな」

「お前も帰還兵なら、なんとなくわかるだろう？　空気で」

「まぁ、多少はな」

「頼んだぞ」


ロータスは帰っていった。信用できるかどうかわからないが、信用する他ないこともある。

ふとスマホを見ると、着信がなんと14件もあった。サイレントモードにしてあったから気づかなかった。すべて同じ、電話帳に登録していないケータイ番号だった。

留守電を確認しようかと思った瞬間、またかかってきた。俺が出るまで一晩中かけ続けるつもりか。誰なんだ。

この正体不明の野郎にずっとかけ続けられるとロータスからの電話を見逃してしまう危険がある。着信拒否にするか、一度出てみて相手を確かめるかすべきだ。

古東は、電話に出ることを選択した。まずは相手の声を聞く。

—おい、お前、古東か？

友達にはなれそうにない。というか会ったらその瞬間に殺し合いになりそうな電波を感じる。

—古東功だろ、貴様、返事をしろ。

恫喝された。年は50〜60歳の間くらいだろうと古東は予想した。

「誰だ、お前」

古東は努めて落ち着いた声で応答した。

—不死鳥日本の会長の、芦田だ。

しつこく電話をかけてきた理由はわかった。

「変態のナンバー2なら、さっき死んだぜ」古東は教えてやった。「連れていた四人の役立たずも死んだ」

—お前が殺したんだろ。

馬鹿馬鹿しくて笑いが漏れそうになった。が、笑い事ではないとすぐに気づいた。

「どうしてそうなるんだ」

—お前が殺したんじゃないというのか。

「当たり前だろ」

—言葉に気をつけろ、どうして当たり前なんだ。あの取引で生き残ったのはお前だけだろう。ああん？

そうか、現場にいなかった人間はそう考えるのか。だが、すこしばかり単純すぎやしないか？

「俺は保坂を車に乗せてやって、取引を台無しにした野郎を一緒に追いかけたんだ。保坂の車のGPSのシグナルが消えて、消えた地点まで行ったら車が燃えていた。俺の車に戻ろうとして歩き出した。保坂が少し先を歩いていた。あいつがいきなり転んだから手を貸してやろうとしたら、首を深く切られて虫の息だった。あっという間のできごとだったんだ」

—何があっという間だこの野郎、貴様が保坂を殺ったんだろう。

保坂のケツを蹴飛ばしてでもこの会長とやらに「すみません、まずいことが起きました」と電話させるべきだったといまさら後悔しても遅すぎる。

「なんでそうすぐに決めつけるんだ。もし俺が保坂を殺したんなら、こうして電話に出て丁寧な応対はしないと思わないか？」

—頭のおかしな野郎ってのはおかしなことをするもんだ。

「俺の頭が、おかしいと決めつけるのか」

―保坂と初めて電話で話した時、貴様は戦争帰還兵だと言ったそうだな？

　これを狂った偏見といわずして何と言う。

「だから頭がおかしいと？　言葉に気をつけろよ」

　芦田は古東の怒りをあっさり流した。

―貴様さっき、（取引を台無しにした野郎）と言ったな？

「ああ、取引現場に隠れていたホームレスの男だ。すばしっこくて、殺しに慣れていた。なんなら俺が録画した動画を見るか？」

―動画？

「そいつが保坂の車を奪って走り去る動画だ」

　一・五秒ほど沈黙してから、芦田が訊いた。

―その動画に、保坂の車のナンバーはハッキリと映っているのか？

「……はっきりとは映っていない」

　芦田が鼻で笑った。

―で、そいつはどこにいった。

「逃げたよ」

―てめえこのくそ野郎、正直に言えよ。そんな奴いなかったんだろう⁉　貴様が全員殺して金を奪って逃げたんだろうが、この頭おかしい帰還兵がっ！

「この野郎この野郎ってうるせえんだよ！　お前は自分のへっぽこな推理だけが唯一正しいと思っているすくいようのない馬鹿野郎だ。話にならない」

芦田が頭を沸騰させて怒鳴り返してくるかと思いきや、その逆だった。

―こっちは保坂を含む五人を殺されて、取引のために持っていった金も奪われたんだ。そして、貴様だけが生きていて電話に出た。疑われたくなきゃ、貴様も死んでいなくちゃあな。古東よ。

このような万事決めつけ型思考回路の正義感暴走地方検事みたいな奴がトップでいられる不死鳥日本という組織のレベルは、推して知るべしだ。

「金なら燃えた車の中にある。勝手に取り返せばいいだろ」

―貴様が持って来い。

「てめえ、いっぺん高いところから飛び降りて頭をぶつけてこい。ぽんこつな思考回路を修正しろ」

―金を持って、商品の銃も持って、こっちにこい。そうすれば苦しまずに死ぬという選択肢もある。

「野郎は、俺の犬も殺したんだ。つかまえる。お前のところなんかにあいさつに行ってるヒマはないし、たとえヒマでも行かない」

—貴様、ウソ話をでっち上げるために自分の犬まで殺したのか？　とことん最低なクズ野郎だな。

「どうやらお前とわかりあえることは未来永劫なさそうだから切るぞ」

—切れよ。貴様の命はあと12時間だ。なぜかわかるか？　俺がたった今宣告したからだ。お前のケータイ番号からお前の名前がわかった。どこに住んでいるかもわかっている。ちょっと古いが貴様の写真も手に入れた。言ってる事の意味わかるな？

芦田が通話を切った。

もちろん、ただの脅しであるわけがない。

「勝ち目、あるのか？」

古東は自分自身に問うてみた。

◆

コンビニで無印良品のワイシャツが売っていたので買ってそれに着替えてから、自宅のアパートに戻ろうとした。ところがアパート前の路上で警官に職質されそうになったので全力で走って逃げた。たまたまこの辺りをパトロールしていたのか、自分が家に戻ってくるのを見張っていたのか、どちらかわからない。どちらにせよ家に戻るのは危険だということはわかった。となると、問題は降圧剤や抗不安薬やその他の薬だ。家に戻れなければ薬が飲めない。

薬を中断したことによる影響はすでに出始めている。

自分を取り巻く周囲の世界が収縮して、空気がどんどん抜かれて、世界が自分を殺そうとしているような気がする。理性ではありえないとわかっていてもどうにもならない。

こんなことになるとわかっていたら、あのバイト先でトラブルがあった直後に大急ぎで帰宅して薬を全部持って出ればよかった。すぐ帰宅していれば見張りの警官もまだ到着していなかったかもしれない。後悔先に立たずだ。

人目につくことは避けなければならない。服が薄汚れて自分の体が臭くなり、おまけにあの建設現場で体のあちこちを痛め、変態殺人老人をおびき寄せて殺すために車に積んであったガソリンで車内に放火した際に、右手を火傷して服の袖口も燃え、おまけに首尾よくあの老人を殺したのはよかったが、逃げる際に暗い路地へとつながっている階段に側面からよじのぼり、火傷した右手をかばおうとしたために左手首に負荷がかかりすぎて腱を痛めた。

体を休める必要がある。もう限界だ。幸いウェイン氏が数万円の金をくれた。この金で降圧剤その他の薬が買えればいいのだが、どの薬も医者に処方してもらわなければばならないし、先日処方してもらったばかりなのにまた出してくれなどといったら怪しまれる。

　バッテリーの残りが少ないスマホで24時間営業の、フロントで人と会わなくて済む入浴のできる施設を探し、『大江戸湯の郷パラダイス』という銭湯にたどり着いた。カプセルホテルがわりに使う者も多く、平日の深夜の割に人は多かった。見事に男しかいないが。

　スマホで見たホームページの写真よりもずっと狭く、清潔感がなかった。それでも体を休めることはできる。

　入り口に、浴場利用に関する注意が日本語と英語と韓国語と中国語とフランス語とドイツ語で書かれていた。

タトゥーを入れておいでのお客様は、タオルで隠すなどして他の利用客への配慮をお願いいたします。剃刀は安全剃刀のみ持込可能です。

　入店禁止でないだけまだ優しい。

　体を拭くタオルとバスタオルと石鹸とシャンプーと髭剃りを買い、脱衣場で裸になって、二の腕のタトゥーに小さいほうのタオルを巻きつけて隠し、大浴場に向かう。

　人は多いがなんともいえずわびしくて、さびしくて、荒んだ空気が充満していた。もう少しましな浴場もあったのではないかと後悔しても金は払ってしまった。さまざまな人種がいた。日本人は全体の半分にも満たない。タオルでタトゥーを隠している者も多かった。いっそタトゥー歓迎にしてしまえばもっと繁盛して利益も上がって清潔に新装開店できそうなものだが。

血圧が上がっているので、徐々に湯に体を慣らしていかなくてはならない。洗面器にぬるめの湯をためて足先から少しずつかけていく。

他の利用客の存在は努めて気にしないようにする。チベットの人口密度は梅津の感覚で３００㎞四方に一人いるかいないかだった。それが今は10ｍ四方に知らない人間が20人以上もいる。気持悪い。

充分にかけ湯したので頭を洗いはじめる。バリカンが欲しい。いっそ坊主頭にして印象を変えたい。

「なぁ、あんた」

ふいに左側から声をかけられ、頭をすすぐ手が止まった。

「戦争行ってきたのかい？」

梅津は指先でまぶたをぬぐい、声の主を見た。とくに印象に残らない、やせた若い男だ。しいて特徴を挙げるならでべそくらいしかない。なぜ帰還兵だと見抜いたのか。声をかけてきた意図も、男が何を望んでいるのかもわからない。

「そのタトゥーだよ」男が指で指した。

湯を頭から何度もかぶったせいで、二の腕に巻いたタオルがずれて、ゴールディーに彫ってもらったタトゥーが露出していた。

梅津は何も言わず、洗面器を足元に置いて、左腕のタオルを引っ張りあげてタトゥーをまた隠した。

「隠さなくてもいいだろ、もう見ちまったんだから」男がなれなれしく言った。

「俺に構うな」

公衆浴場で裸の付き合いなんてしたくないから、梅津ははっきりとそう言った。

「同じタトゥーをネットで見たぜ。戦地で流行ってたんだってな」

なぜそんな大声で言うんだ、こいつは。

「フェイスブックにそのタトゥーの写真をアップして（これは俺が罪なき人たちを暴力から守った証拠であり、俺の誇りだ）とかぬかしてるバカ兵隊がいてよ。胸糞わるいったらねえよ。チベットの少女を集団レイプしたくせに！」

男の声が周囲の注目を集めはじめている。

なにを隠そう、そのタトゥーの写真をアップしたのはあの自殺した小林貢た。梅津もそれを見た。そしておびただしい数の人格否定コメントや正義の味方気分に酔った攻撃コメントが投げつけられているのも見た。

「そんなことはしていない」梅津ははっきり否定した。

「とぼけんじゃねえよ！」

「レイプをするのはゲリラだ！」梅津は声を荒げた。

「お前らもやってんだろ！　ネットで見たんだぞ！　泣きながら少女が被害を訴えてるんだよっ！　何がチベットを暴力の恐怖から救うだ、この変態ショゴスどもが。おいみんな、こいつを裸でつまみだそうぜ」男が他の利用客たちをあおり始めた。

「やろうぜみんな！　俺たちの税金がこんなクソレイプ野郎の給料になってるんだぞ」

梅津は右手で洗面器を掴んで立ち上がった。火傷でひりひりするが気にしている場合ではない。

「なんでもかんでもネットなんだな」梅津は静かな声で言った。「一生スマホの小さい画面を見て怒ってろ」

男がいきなり張り手をかましてきたので、梅津は即座に洗面器で頭を殴った。男が飛びかかってきた。とっさに体をひねってかわし、足をひっかけた。男がつんのめり、ヒゲを剃っていたインド人の男の肩に激突した。

八時の方角から洗面器が飛んできて梅津の頭に当たった。振り向くといかにも無用なトラブルが好きそうな、ちょび髭をはやした眉間に傷のある凶相の中年だった。

「どうした、レイプ帰還兵」ちょび髭が挑発し、今度は使い捨て髭剃りを投げつけた。

そいつの方へ一歩踏み出したら、さっきの出べそに右手首を掴まれた。梅津は振り返りざま、立ち上がりかけた出べそ男の眉骨に左の拳を叩き込んだ。

「ヘイ！　ストップ！」

梅津より10㎝ほど背の高いでっぷり太ったインド人の男が梅津を羽交い絞めにした。梅津は鋭く頭をそらせ、後頭部で男の鼻を打った。しかし男は離そうとしない。

「ユークレイジーソルジャー！　ファッキンＸｃｏｎ！」と梅津の耳元でわめく。

出べそが梅津の腹にパンチを叩き込んだ。まともに喧嘩したこともない野郎のへなちょこパンチだが、だからといって痛くないわけではない。

「おい誰か警察呼べっ！」「頭おかしい奴がいるぞ」「帰還兵が暴れてる！」「店員を連れて来い！」「風呂通り魔だあっ！」

狭い浴室が大騒ぎになった。

梅津は右足を充分引き寄せてから渾身の踵蹴りを出べそ男に放った。蹴りは出べその左足の付け根をヒットし、出べそは膝をがくんと折った。頭が絶好の餌食になった。間髪いれずにもう一度蹴りを放って頭をヒットすると、がくんとのけぞって固い床に倒れ、こめかみを床にしたたか打ちつけた。ここにいたって流血の事態となった。

インド人の羽交い絞めとスパイス臭がいっそうきつくなった。離したら今度は自分が殺されると思っているのだろう。右ひじを刺すように鋭く突き入れるとインド人が

「ぐげっ」と呻いた。次は踵でインド人の足の指を踏みつけて全体重を預ける。

インド人は梅津を支えきれず、かといって足を押さえつけられていて後ずさることもできずに真後ろに倒れて舌を噛み、血を吐いた。そしてようやく戦意をうしなったようだ。

やっと羽交い絞めから逃れられた、と思ったら好戦的なちょび髭が、逃げ出した客が置き忘れていったとおぼしき大型ボトル入りシャンプーを右手に掴み、頭上に振り上げて襲ってきた。そのボトルには**黒々昆布パワー**と書かれていた。

「うおらあっ！」

キャップが外されていたボトルが梅津の顔に飛んできて下顎をヒットし、中身の白髪染め昆布シャンプーの黒い液体がびちゃっと汚く散らばった。その瞬間、こいつを殺せという指令が、梅津の脳みその底にあるアーモンドすなわち扁桃体から発せられた。

ディスコネクト！　優しい前頭葉を脳から切り離す。

ちょび髭が今度は床から小さな風呂椅子を掴みあげ、それも顔めがけて投げつけてきた。梅津はそれを左手で弾きとばした。こいつはよほど物を投げ散らかすのが好きらしい。要するにバカなのだ。

梅津も風呂椅子を拾い上げた。それを見てちょび髭は新たに投げつける物をあわてて探す。梅津は風呂椅子を胸の前に両手で構え、男に突進した。体当たりをぶちかまし、二人は勢い余って浴槽の中に落ちた。梅津の下になったちょび髭の口と鼻からぶくぶくと泡が漏れ、窒息死する恐怖でちょび髭は目を剥いた。その目を梅津は指先で突いて角膜を破壊した。水の中でちょび髭が絶叫し、口から大量の泡を噴いた。

俺はただ風呂で汚れを落として痛めた筋肉をほぐしたかっただけなのに、なぜこうなる。なぜ事実かどうかもわからないチベット少女のレイプ事件で自称正義の味方に裁かれなきゃいけないんだ。

ちょび髭が、目から流血しながら梅津の左手の指に噛みついてきた。食いちぎりそうな強さだ。梅津は男の鼻の穴に右手親指をずぶっと突き入れ、ぐっと持ち上げた。頭が水面より上に出ると、その頭を浴槽の縁に思い切りたたきつけた。二回、三回、四回。鼻の穴から指を引き抜くと、頭は湯に沈んだ。排除完了。

突然、こんなことをしている場合でないと気づく。

浴槽から飛び出して浴場の出入り口に突進する。そこには若い従業員が青ざめて立っていて、梅津が突っ込んでくるのを見ると、逃げ出した。

ロッカールームに飛び込むと、あわてて帰り支度していたほかの利用客たちがぎょっとして固まったり股間を守ったりした。何人かはまた浴場へ逃げた。

逃げていった利用客の一人のグレーのパーカが床に落ちていたので拾った。これでまた服装を変えられる。それを手早く着てから自分のロッカーを開け、リュックを背負った。

ブーツをつかみ出したところで「おいお前っ！」と声がした。

二人の制服警官がいた。まだ二人とも拳銃に手をかけていない。梅津はより経験がありそうな中年警官の顔にブーツを投げつけ、それが顔に当たる前に駆け出した。左足で床を蹴って飛び、中年警官のわき腹に膝蹴りを叩き込んだ。殉職しない程度に手加減はしたつもりだ。

「ぐぼっ！」中年警官の喉からうめき声がほとばしった。

いかにも経験に乏しそうな若い警官は、無敵であるはずの警察権力に対して平然と牙を剥いた暴力に呆然として立ち尽くした。梅津はそいつがなんらかの積極的反応を示す前に顔に思い切りびんたをくらわした。さらにショックを受けたらしくぽかんとなった。

投げつけた自分のブーツは左右別々のところに散らばってしまった。ひとつずつ拾っていたら撃たれそうだ。この至近距離で外してくれることは期待できない。靴はあきらめよう。0・01秒でも早く逃げなくては。梅津は男性器丸出し、靴もなしの状態で浴場から走って外に飛び出した。

道行く人が、はじめは男が全力疾走していることに対して迷惑げな目を向け、次いでそいつが下着を着けていないことにぎょっとして道を開ける。睾丸がむき出しで揺れているとこうも走りにくいものなのか。そのまましばらく男性器露出および裸足の状態でいくつもの路地を走り、曲がり、人気のない方へと動物的勘を頼りに向かう。何か尖った物を踏んだらしく、右足の裏に鋭い痛みがある。

「今のなに⁉」「履いてなかったよね！」「毛が見えた！」「うわマジかよ！」

人々の声が梅津の耳の後ろへ流れていく。

たとえ深夜といえども性器を露出して街中を走っているとやけに時間が長く感じられる。二時間にも感じる二分の後に、ようやく獲物を見つけた。靴とパンツのサイズが同じと思われる弱そうな男だ。背中を丸めて歩きスマホしている。しかもスニーカーの踵をだらしなく潰して履いている。襲われるなんて夢にも思っていない。

梅津は背後から音もなく男の首に手を回して地面に倒し、そのまま首を絞め続けた。落ちるのに7秒ほど費やした。その間他に誰も通らなかったのが嬉しい。

ネイビーブルーのローカットスニーカーを脱がし、それからカーゴパンツを脱がしにかかる。残念ながら首を絞められて落ちるときに失禁したため、パンツの股間が濡れてしまっていた。しかし贅沢は言ってられない。下着なしで直接それを履き、靴下なしでスニーカーを履いた。

塀の上から黒猫が微動だにせず犯行の一部始終を見つめていたが、猫だからいい。

靴紐をタイトに結んで準備完了。

いや、まだ戦利品があった。気絶させた男のスマホを見ると、大容量モバイルバッテリーが接続されていた。これもありがたく頂戴する。

顔を上げると、路地の暗がりの奥で動画を録画中であることを示す赤いランプが点滅していた。いつから撮っていたのか。

「こっち見たぞっ」「やべえ、こっちくる」

暗がりから男の怯えた声がした。お望みどおり、梅津はそちらに向かって走った。二人の若造が逃げ出した。梅津は録画していた方の奴だけを狙って追った。まったくお前らはなにかというとすぐに動画を撮ってアップロードしやがる。そして再生回数が伸びると自分が一段高いステージに上がった気になりやがる。

難なく追いついて飛びつくと男の右手首から先を掴んで全力で内側に折り曲げる。骨が折れてもかまわない。

「あてててて！」

若造の手からスマホがぽとりと落ちた。それを拾い上げ、それで若造の頭を殴ろうかと思ったが思いとどまり、アスファルトに四回素早く叩きつけて破壊した。もうこいつに用はない。早くここの所轄署のエリアから外に出なくては。とはいえ、警官に暴行したからには当然広域指定されるだろうが。

俺はいったいどこへ逃げればいいのか。どこにいくにせよ、気持悪い股間をとにかく早く乾かしたい。

◆

暗い路地に消えた男の行方はつかめずじまいだった。「今日はもう帰れ」と小桜に言いかけた時、新たな動きがあった。

場末の24時間浴場で大立ち回りを演じたあげく駆けつけた警官まで倒し、性器をぶらぶらさせながら外へ飛び出していった男は、半殺しの目にあった男の証言によると戦争帰還兵らしい。暴力沙汰のそもそもの原因はその男の腕のタトゥーだった。

久米野の頭の中で瞬時に梅津と結びついた。が、まだ断定はできない。その男は他の利用客からパーカを奪い、浴場から200メートル離れた人気の少ない路上でまた人を襲ってパンツとスニーカーとモバイルバッテリーを奪って、その様子を録画していた若者を襲ってスマホを破壊して逃げた。暴走暴力機関車みたいだ。

「その男が梅津だとしたら、警部のおっしゃる通り、より危険になっていますね」小桜が言った。「でも、刃物などの殺傷力のある道具は使っていませんね」

「単にあいつが持っていなくて、他の人間も持っていなかっただけだ。あればためらいなく使ってたろう」

「警官の拳銃も奪おうとしませんでしたね」

「何が言いたい？」

　小桜は梅津に同情の気持でも抱いているのか。

「つまり、梅津にはまだ良心のかけらが残っているのではないかと」小桜が言った。そして「私の希望ですが」とつけくわえた。

「そんなことは期待しない方がいい。二人組の警官の一人から拳銃を奪えば、もう一人の警官に撃たれる。死ぬリスクはおかせない。簡単な損得勘定で、良心は関係ない。今夜はもう帰れ」

「帰る？」

　小桜が不満げな顔をした。

「俺が死んでなかったら明日の朝9時にまた署で会おう。いや、やっぱり10時にしとこう」

　小桜がぱちぱちと瞬きした。「梅津を追わないんですか？」

「お前は今日充分働いた。生活相談員ならもうとっくに寝ている時間だろう？」

「今は違います」

「まぁそう飛ばすな。奴も今日はもう動かないだろう。派手にやりすぎたからな」自分で言いつつ、何の根拠もないなと思った。「朝になれば死体で発見されるかもしれないし」

「警部は？」

「不眠症なんで、その辺で蕎麦でも食ってもう少しぶらぶらしてから帰るよ。無線機を貸してくれ」

小桜は何か言いたそうな顔をしたが、結局何も言わずに無線機を外して久米野に渡した。

「拳銃の返却を忘れるなよ」

久米野は軽い口調で言い、ドアを開けて外に出た。夜風を鼻から吸い込み、ゆっくりと吐く。運転席のウインドウが開いて、小桜が声をかけた。

「それじゃあ、お疲れさまでした」

なかなか素直でいい。

「ああ」

久米野は軽く手を振ってクラウンが走り去るのを見送った。

「さて……」

岡地町三丁目で車を燃やしたのが梅津だと仮定すると、奴は今日一日だけでとんでもない数の人間を血祭りにしている。

車の近くで首を切られて死んだ男の身元はわかったろうか。スマホで署の刑事課に電話をかけてみると、すでに身元が判明していた。宿直担当の刑事が教えてくれた。

―保坂康憲。52歳。４年前まで不動産の仕事をしていましたが、その後、不死鳥日本という武闘派愛国組織を仲間と立ち上げて、アジア系外国人、特に中国人と韓国人に対する集団暴力行為をたびたび行っています。これまで何人もの構成員が暴行、脅迫、殺人未遂、不正アクセス、などいろいろな容疑で逮捕されています。ここ三年くらいでうじゃうじゃ湧いたヘイト犯罪組織のひとつですが、特に悪質ですね。去年から小さなヘイト組織をどんどん吸収合併して巨大化してます。またこの組織の後援者には政治家や大企業の幹部も居ます。

俺が戦争に行っている間に、そんな連中がのしてきていたとは。

「組織の資金源は金持ちのナショナリストか？」

―それもありますが、大手の暴力系ＡＶ製作会社とか、大がかりな売春組織を動かしているという情報もあります。

「公安はマークしてるのか？」

―してるとは思いますが、どの程度かはわかりませんね。公安が超秘密主義なんで。

「愚問だったな。ありがとう」

通話を切って、「ふう」と息を吐いた。

梅津よ、お前はいったい、いつ、どこで、保坂のような人種差別野郎と接点を持ったんだ？　どうして殺したんだ？　そしてお前、とんでもない状況になってるぞ。

◆

「みんな、聞いてくれ」

チャベス軍曹の顔つきで、この小隊に何か嫌な任務が下されたのだと梅津にはわかった。それくらい軍曹はわかりやすい人間だ。この数日、いつまでたっても姿をあらわさないゲリラや人民軍のかわりにチベットの野生動物を遠めに観察して、あとは食べて眠るだけの平和な毎日だった。もしかしたら戦争はもう政治レベルでは終わっていて、撤退指令が下されるのがなんらかの事情、予算消化とか、で遅れているだけなのではないかという冗談すら交わされた。が、呑気な時間は突然終わった。

「ここから北西6マイルほど先に、シュアングゥという小さな村がある。村民は150人ほどだ。第163小隊がその村でゲリラの警戒に当たっていたんだが、30分ほど前にそこの隊員から（ゴンザレス小隊長が狂って村人を殺し始めた）という救助を求めるメッセージが発せられた」

梅津と小林は互いの、頬がこけた顔を見合わせた。

「隊長が、村人の中にテロリストと通じている者がいると決め付けて、手当たり次第に逮捕して村の広場に集めて処刑を始めて……」

チャベス軍曹が言葉を切り、それから「メッセージはそこで途絶えて、それきりだ。だからわれわれが様子を見に行く」

その村に着くころには日が没しているだろうと梅津は思った。

「人民解放軍かテロリストに襲撃されたんでしょうか」

予備自衛官の勝野が訊いた。

「そうかもしれない。あるいはゴンザレス軍曹が、メッセージを送った兵士を殺したのかもしれん」

「これがゲリラの作戦だという可能性は？」

チベット民兵のテンジンが言った。

「その可能性もなくはない。なんにせよ、何があったか、誰かが確認して上に報告しなければならない。だから、近いところにいるわれわれがそれをやるんだ」

「もし、ゴンザレス隊長が本当に村民を無差別に殺していたら、我々はどうするんですか？」小林がおそるおそるチャベス軍曹に訊いた。

「当然、逮捕して軍事裁判にかける」軍曹は簡潔に答えた。「同じ会社員だからって、かばったりはしない」

チャベス軍曹は（軍人）という言葉は使わず（会社員）と言った。この戦争は軍人対軍人の戦いではなく、アメリカ政府に雇われた軍事会社の社員と、正体不明のテロリストもどきによって行われている。そしてアメリカの会社員を、軍人とは名乗れない日本人と、チベットの地元民がサポートしている。実に妙な戦争だ。

「5分で荷物をまとめて出発だ！」軍曹が言って、ぱしっと手を叩いた。

平らな地面の6マイルと、チベットの6マイルはまったく違う。今のところ天候に恵まれているが、天候はいつ急変するかわからない。

一列縦隊で、右側は深い谷底というぞっとするような道を歩く。斜面から小石が落ちてくるたびに心臓が縮む。

「この戦争には、モラルが欠如している」

梅津の後ろを歩く予備自衛官の勝野が小声で言った。梅津はちらっと振り向いて、彼の顔を見た。

「敵にも、我々にも。本当の軍人がこの戦争にはいない。だからモラルがないんだ」

独り言なのか、俺に話しかけているのかわからない。前に向き直っても勝野の声が聞こえる。

「銃を持ったクソガキたちの、お山の大将を賭けた戦争ごっこだ」

真面目な勝野には、それが耐え難いのだろう。

「ゴンザレスが本当に村人を無差別に殺しているんなら、逮捕じゃなくて殺すべきだ。それこそがモラルだ。梅津君、君はどう思う？」

意見を求められ、正直困った。

「まず、事実確認をしましょう」と梅津は無難に答えておいた。


シュアングゥ村まであと300ｍほどの地点に到達したところで、チャベス軍曹が斥候を出すと言った。

「カツノ、ウメヅ、お前たちだ。コステロを連れてドローンを持って行け」

太陽は沈んだが、視界はまだ良好だ。このようなマジックアワーには決まって現実感が薄れてしまう。夢の中をさまよっているみたいだ。

梅津と勝野は、ロボット犬コステロの背中にドローンの入ったケースを乗せ、汎用チベットカムフラージュブランケットを頭からかぶって村まで80ｍの地点までたどり着いた。後20メートルほどで森が途切れ、その先がシュアングゥ村だ。

「よし、ドローンを出そう」

梅津はコステロにお座りさせ、ケースの蓋をあけた。偵察および攻撃用のドローン、ＤＪＩ社のインスパイア４、通称・ニンジャが収まっていた。旧モデルのインスパイア３より飛行音が格段に静かになり、もはや空のニンジャと呼んでもいい。それをそっと取り出し、地面に置いた。

勝野も背負っていたタフブックを下ろし、開いて起動した。ニンジャに搭載されたマイクロフォーサーズ規格のカメラとレンズで撮影された８Ｋ画像をタフブックのモニターで見ることができる。

「各部チェック、すべてよし」勝野が言って、うなずいた。

「よし行って来い、ニンジャ」梅津は言った。ニンジャが静かに垂直にとび立ち、村へと向かった。

「寡黙で頼もしい奴だ」と勝野がドローンを褒めた。

「まったく」と梅津も同意し、小指ほどの大きさに縮んであれに乗って日本に帰れたら、と思った。

スティックコントローラーでドローンを慎重に操縦しつつ、勝野が心配げな口ぶりで言った。

「チベットバトルニュースで読んだが、ゲリラもわれわれと同じドローンを使っている可能性があるらしい」

「まさか。ＤＪＩ社のドローンはアメリカとその同盟国以外では入手できませんよ」

梅津はその可能性を否定した。

「コピーだよ、もちろん」勝野が言った。

「コピーだって作れないでしょう。パクる技術力がない」

「そんなことはない。中国なら設計はいざ知らず、設計図があれば完璧に同じものを作れるさ。残念ながら」

村のある方向で炎が燃え盛っているのが、モニターで確認できた。

「嫌な予感がする」勝野が言った。梅津も同感だった。

悲しい事に予感が的中した。

村の中央広場のような開けた場所で火が盛大に燃えており、その大きな火炎の中に、あきらかに人間と思われる物の形を認めることができた。それも一体ではない。何体もつまれている。

また、炎の周囲には頭を撃ちぬかれた民間人の死体が数体転がっていた。首が切断されているものも数体。首だけもいくつか。8K軍用カメラは、そのままシネコンの大スクリーンで上映できそうなほど高精細な画像を送ってくる。

梅津と勝野は互いの顔を見合わせた。

「もうこんなの嫌だ」勝野がはっきりと言った。「これが悪夢なら、今すぐ目が覚めて欲しい。目が覚めた瞬間に死んでもいいから」

梅津のような民間出身のにわか兵士よりずっと長く兵役に就いている予備自衛官の勝野がここまで感情をあらわにしたのは初めてで、そのことが梅津をひどく動揺させた。

　誰にも心の限界点はある。当然、この男にもある。だが、今ここで、自分と二人きりの状況で心が壊れないで欲しい。こちらは彼の崩壊を受け止められない。

「勝野さん、任務を遂行しましょう」梅津は勝野の肩に手を置いて言った。その肩は小刻みに震えていた。

「この非人道的な行いを、誰がやったのか突き止めないとなりません」

「……ああ」

（ああ）の一言でも、言ってもらえたらこちらは多少安心できる。

「操縦、交替しましょうか？」

「君じゃ墜落させてしまう」怒った声で勝野が言った。確かにそうかもしれない。

「これはただの映像だ、ただの映像……映像に過ぎない。俺の網膜に投影されたデジタル信号……」

　勝野が呪文を唱えながら、村の上空でニンジャを旋回させる。

　生きてる人間はどこだ。梅津の目が動いているものを探した。この際敵でも味方でもいい。獣でもいいから、生きて動いているものが見たい。

「梅津君」勝野が呼んだので、てっきり彼が何か発見したのかと思ったが、違った。勝野が言った。「この狂った戦争を生き延びて国に帰ったら、君はすぐに子供を作れ」

梅津は面食らった。

「どうしたんです？　いきなり」

「結婚はしてもしなくてもいい。とにかく新しい命をたくさん作るんだ。この地球に」

勝野がなぜそんなことを言うのかは、頭のあまり良くない自分にもなんとなくわかった。死を見過ぎたのだ。破壊と死がもたらすブラックホールのような虚無に打ち勝つのは、新しい生命の誕生だけだ。それ以外にない。

なんてことだ、この俺が、こんな大真面目なことを考えるなんて。

「いいな、梅津君」

「わかりました。結婚は無理だと思いますが、コンドームに穴を開けて、無理にでも女を妊娠させてみせます」

梅津は約束した。性欲は、帰国してしばらくすればきっとまた復活するだろう。

「その意気だ」

「勝野さんも一緒にやりましょうよ」

「私はゲイだ」

「またまた、こんな時にそんな冗……」

梅津は言いかけて固まった。勝野の目は冗談など言っている目ではなかった。

「ほ、本当ですか？」

「打ち明けたのは、君が初めてだよ。梅津君。君でなければ打ち明けなかった。君だからこそ……」

　真上からカツンと何か固い物体が落ちてきて、二人の足元に転がった。梅津はどんぐりではないかと思った。チベットのどんぐり。

　手榴弾だった。

　二人が上を見ると、ニンジャとよく似ているが、どこか垢抜けないデザインで、外装をハイグレードチタンよりも安い素材にスペックダウンしてその他いろいろなパーツ代もケチったような雰囲気のドローンが逃げていくところだった。

「……あっ」

　それが、心優しくて真面目で仲間想いの勝野の、最後の言葉だった。

◆

　手榴弾のタイマーが何分、あるいは何秒にセットされているのかはわからない。とにかくできることはそれを拾ってできるだけ遠くに投げるか、自分ができるだけ遠くに逃げるか、それしかない。

勝野は前者を、そして梅津は後者を、それぞれ選択した。

「ふぅわえええええっ！」

梅津は恐怖に歪んだ奇声を発して逃げた。そして飛んだ。その先にあったのは石の固い壁だった。

梅津は夢の中で投下された手榴弾から、現実世界において全力で逃げ、固い壁に顔から突っ込んで鼻血を噴き、前歯で口の中を切り、死にそうなうめき声を漏らしてくずれ落ちた。

流した血の味と痛みによって、現実感覚が戻ってきた。

公衆浴場で意味のない死闘をして、警官までぶちのめし、下半身もろ出しで逃走して途中でまた人を襲ってパンツと靴とモバイルバッテリーを奪い、とにかく逃げ続けた。

そして今、新宿区内のどこかもわからぬ児童公園の公衆トイレの女性用個室に隠れている。

警官に暴行したことで、警察はただの傷害事件ではなく、警察に対する挑戦と受け取り、人員大幅増で本気になって追ってくる。『帰還兵強盗致死事件特別捜査本部』さえ作られるかもしれない。気の弱い奴なら、逃げ続けて失うものと有罪になって失うものを天秤にかけ、もういっそ自首してしまおうかと思い始めるだろう。

「ふざけるな。俺が何をした、お前らが因縁つけて喧嘩売ってきたんだろ」

梅津は吐き捨て、スマホを使って防衛省のホームページにアクセスした。

いまこそあなたの民間力を！

チベットの人々があなたの技術を、才能を、必要としています。

専門相談員が24時間相談受付中。

電話番号とメールアドレスが記されている。

どうやら本当に、こうするしか生き延びる手はないようだ。俺は自首して罪を償うつもりなどない。わけのわからない因縁をつけられて喧嘩を売られ、自分の身を守って、逃げただけだ。どれも人間の正当な権利だ。

通話ボタンをタッチした。

—お電話ありがとうございます、チベット民間特殊技能員派遣センターです。この電話は電話応対サービスの向上と業務適正化のため、録音されております。ご了承ください。

機械によるアナウンスの後、呼び出し音が二回続き、接続音が聞こえた。

—はい、チベット民間特殊技能員派遣センターの広野ともうします。

女の声だ。そしてずいぶんと民間企業的な応対だ。

「えっと……俺は一度チベットに行って、数ヶ月前に帰国したんだけど……もう一度行くことはできるか？」

不審がられるかと思ったが、まったくそんなことはなかった。

―そうしましたら、フルネームを頂戴できますか？

「梅津岳人だ」

電話の向こうでキーを叩く音が聞こえた。

―梅津岳人さんですね？　前回、通信機器技能員としてチベットで活動なさった記録がございます。

「そうだ、その梅津だ」

―その節は、ありがとうございました。

頭に血がのぼりかけた。なんなんだその軽い「ありがとうございました」は。帰還兵の生活保障はどうした。援助はどうした、この野郎。

「好きで行ったんじゃない。それより、またチベット入りしたいと思ったら、最短でいつ日本を出られるんだ？」

―梅津様はすでに米国での有事対応訓練を終了なさっておりますので、最短ですと、本日の正午にメンタルチェックテストを受けていただき……

梅津は女を遮って訊いた。

「ちょい待ち、メンタルチェックテストってなんだ？」

―はい、ただいまからご説明させていただきます。チベットでの活動に支障がない程度のストレス耐性があるか、また他人との協調性、嗜好物への依存度合い、その他いくつかの項目に関して筆記および精神科医との面接によるテストを受けていただきます。結果は終了後約一時間ほどで出ますので、終了後にそのままお待ちいただいても結構です。そのテストにパスすれば、その後ただちにヘルスチェック診断を受けていただき、それにもパスなされば来週月曜日の朝の便でネパールの中継基地に向かうことができます。

「俺はアメリカでの訓練をパスしたんだ、そんなテスト必要ないと思うが」

―特殊技能民間非戦闘員の方の中には、帰国後に短期間で著しいメンタル不全に陥る方が少なくありませんので、このようなテストを設けさせていただいております。

徴兵しておいてその言い草はなんだ、なめてんのか。そう言ってやりたかったが梅津はため息をついて「わかったよ」と言った。そして訊く。「今日の正午にどこへ行けばいいんだ？　市谷か？」

―いえ、メンタルチェックテストは千代田区九段下にある防衛省の出張オフィスにて行っております。

「じゃあ、そこに正午にいけばいいのか？」

―テストの受付は11時半～18時半の間でしたらいつでも大丈夫です。

「わかった。あ、あともうひとつ」

―はい。

「テストにパスしたら、月曜日には日本を出られると言ったよな？」

―はい、その通りです。

「月曜日までの間、無料で泊めてくれるところを用意したりしてくれるのか？　静かな環境で、誰にも煩わされずに過ごしたいんだ」

―それでしたら、防衛省が所有しております東京郊外の宿泊施設をご紹介させていただくことは可能です。

朗らかな声で言われた。

「個室か？」

―はい、シャワールームおよびトイレ付きの個室でございます。

自ら戦争に行く人間にはかくも優しいのだ、この国は。

「ありがとう、じゃああとでうかがうよ」

―お待ちしております。お電話ありがとうございました。

通話を切った。

九段下は普通ならここから一時間以内で行けるが、警察に手配されているとなると公共輸送機関は使えないから徒歩になる。三時間くらいをみておいた方がいい。危険な道のりだが、やるしかない。

もう少し眠って体力を蓄えておこう。

◆

—お電話ありがとうございます、チベット民間特殊技能員派遣センターです。この電話は電話応対サービスの向上と業務適正化のため、録音されております。ご了承ください。


機械によるアナウンスの後、呼び出し音が二回続き、接続音が聞こえた。

—はい、チベット民間特殊技能員派遣センターの佐々木ともうします。

愛想の良い若そうな男の声が電話に出た。

「俺は、古東というんだけど、徴兵されてチベットに行ったんだ。去年の暮れに帰国したんだけど……」

—ありがとうございます。

「時間ができたんで、もう一度チベットに行くことはできるか？」

—ありがとうございます。そうしましたら、お名前フルネームを頂戴できますか？

「古東、功だ」

電話の向こうでキーを叩く音が聞こえた。

—古東功さんですね？　前回、尋問軍用犬のトレーナーとしてチベットで活動なさったと記録にございます。

「その通りだ」

—その節は、ありがとうございました。

「礼はいい。それより、またチベット入りして犬と仕事したいと思ったんだが、最速でいつ日本を出られる？」

—古東様はすでに米国での有事対応訓練を終了なさっておりますので、最短ですと、本日の正午にメンタルチェックテストを受けていただけます。

古東は眉をひそめた。「メンタルチェックテストって、なんなんだ」

—はい、ただいまご説明させていただきます。チベットでの活動に支障がない程度にストレス耐性があるか、また他人との協調性、嗜好物への依存度合い、その他複数の項目に関して筆記および精神科医との面接によるテストを受けていただきます。結果は終了後一時間ほどで出ますので、終了後にそのままお待ちいただいても結構です。そのテストにパスすれば、その後ただちにヘルスチェック診断を受けていただき、それにもパスなされば来週月曜日の朝の便でネパールの中継基地に向かうことができます。

「どうしても受ける必要があるのか？　それ」

—特殊技能民間非戦闘員の方の中には帰国後に短期間で著しいメンタル不全に陥る方が少なくありませんので、このようなテストを設けさせていただいております。

古東は「くそが」と小さく吐き捨ててから「わかった」と言った。そして訊く。

「今日の正午にどこへ行けばいいんだ？」

—メンタルチェックテストは　千代田区九段下にある防衛省の出張オフィスにて行っております。

「じゃあ、そこに正午にいけばいいんだな？」

—テストの受付は11時半～18時半の間でしたらいつでも大丈夫です。

「わかった。あ、あともうひとつ」

—はい。

「実を言うと、俺はちょっとばかり気が早くて、もう一度チベットで働こうと思い立ってすぐにアパートの部屋を解約しちまったんだ。つまり、一時的にホームレスなんだ」

—なるほど。ただいま、決まったご住所がないということですね？

「そうなんだ。で、テストにパスしたら週末の間、泊めてくれるところをそっちで用意したりしてくれるのか？　別に出かけたいところもないし、挨拶したい知り合いもいないんで、出発まで静かにゆっくり過ごしたい」

—わかりました。それでしたら、防衛省が所有しております東京郊外の宿泊施設をご紹介させていただくことが可能です。

「それ、個室か？」

—はい、シャワールームとトイレ付きの個室です。

「わかった、じゃああとでそっちに行くよ」

—お待ちしております。お電話ありがとうございました。

通話を切り、スマホを助手席に放った。

そして頭を垂れ、荷物室にまだ横たわっているベーコンとハムに声をかけた。

「こんななりゆきになっちまって、ごめんな」

日本最大の武闘愛国集団・不死鳥日本のことを調べれば調べるほど、一人で戦って勝てるような相手でないことがよくわかった。引き分けすら絶対に無理だ。ある意味、指定暴力団より凶暴かつ自由な団体だ。構成員は現在2000人とも5000人ともいわれていて、支援者の中には与党政治家や警察幹部や検事や経団連の大御所もいるらしい。

保坂が千人の兵隊を率いているといったのも自分を大きくみせるためのはったりではなかったのだ。

会長の芦田は決して知的な人間とはいえないが、全体としてはよく統率されている。そして資金も潤沢だ。

複数の週刊誌の記事をあたってみたところによると、不死鳥日本には主にアジア系の外国人団体や個人のことを調査して暗殺や破壊や懐柔を画策する諜報部、各種の破壊作戦を実行する行動部、海外（主にユーロ圏）のヘイトクライム組織との連携を行う外務部、戦うための法律に特化した法律部、車両部、武器調達部、兵器製造部門まであるらしい。並みのヘイトクライム集団ではない。テロ等準備罪を作ったのは何のためだったのかと思うくらいに自由にやっている。そして警察の公安部とも癒着しているのではないかという噂さえある。

若い戦闘員たちが横一列にずらっと整列し、数メートル先の敵国の国旗や指導者の肖像写真めがけて鉈を投げて当てる訓練に励んでいる写真や、東南アジアとおぼしき海外の射撃場でＡＫライフルを手にしている数名の幹部たちの写真も見つけた。その内の一人が保坂だった。

「今度ばかりは相手が悪かった、本当に」

考えた末、逃げられる所は戦場チベットしかないという痛く苦い結論が出た。東南アジアに高飛びするには蓄えが少なすぎる。

「お前たちの敵討ちが、今はできないんだ。本当に悔しいよ」

だが、現実というのはうまくいかないものだ。

チベットでまた一年過ごして帰国するころには、会長の芦田が逮捕されているか、病死しているか、後釜狙いに暗殺されているかもしれない。そしてベーコンとハムを殺した帰還兵野郎はもはや捜し出すことはできないだろう。

「お前たちを連れて行くべきじゃなかったんだ。なにもかも俺のせいだ。本当に許してくれ」

ふと気がつくと、亀裂の入った水道管のように顎の先から涙がぼろぼろとこぼれていた。本当に自分が流したのだろうかと思って頬を拭い、濡れた指先をみつめ、それからなめてみた。しょっぱい。

両手で顔を拭い、「ふうう」と息を吐いた。これで気持が切り替えられると思った瞬間、喪失感の津波が押し寄せてきて、古東はハンドルに突っ伏して子供のように泣きじゃくった。

数分後、ようやく涙があらかた出尽くすと、ショルダーホルスターからパキスタンで密造されたハードボーラーのコピーモデルを眺めた。防衛省の出張所にこれをもっていくわけにはいかないから、もったいないがどこかに捨てなくては。

「北岡さんっ」

大切なことを忘れていた。スマホを再び手に取り、北岡謙太に電話をかけた。早寝早起きで規則正しい生活を送っているあの人だから熟睡しているだろうが、なにぶん急用なので許して欲しいものだ。怒っているだろう。当たり前だ。

驚いたことに最初のコールで北岡が出た。

―古東君、無事か⁉

それが第一声だった。なんということだ、金のことより俺のことを心配してくれていたのか、この人は。まるで仏様じゃないか。

「はい、ご心配おかけして本当にすみませんでした」

―迂闊に電話したら事態を悪くしそうな気がしたから、君からかかってくるのを待っていたんだ。

「本当にすみませんでした」古東はもう一度わびた。「なんとかまだ生きているんですが、予想外のことが起きて取引が潰れてしまい、今は、俺が取引相手のやばい組織に命を狙われているんです」

それから事の次第を話した。北岡は一言も挟まずに最後まで聞いてくれた。

「本当に、お詫びのしようがありません」古東はスマホに向かって深く頭を下げた。

―君のせいじゃないよ。ベーコンとハムのことはお悔やみを言うよ。こんなことになって私もとても残念だ。確かに相手が悪すぎる。取引相手のことをもっとリサーチしていればこんなことにはならなかった。私の責任でもある。しかし古東君、本当にチベットに逃げるしかないのかい？

「ええ、残念ながら。それが誰にも迷惑をかけずに済む唯一の選択です」

―君は、一度は戦場で生き延びることができたが、二度目は？　軍用犬のハンドラーだけで済むと思うか？　今度は銃を持たされて戦闘地域に犬とともにゲリラ狩りに行かされるかもしれないんだぞ。

「そうですね、そういうこともありえます。しかし、それも自分のせいです。日本にとどまっていれば私の命はあと半日ももたないでしょうが、チベットならまだ少し見込みがある」

―……そうか。

「それで、お借りしている俺の拳銃をお返ししたいのですが、ご迷惑ですか？」

―それより、君は無事に防衛省の出張所までたどり着けるのか？　不死鳥日本の血に飢えたサイコパスどもが君を血眼になって捜しているんだぞ。都内いたるところに敵の目があると考えたほうがいい。

「おっしゃるとおりです。私の自業自得です」

北岡が黙ってしまった。

「北岡さん？」

―いざ奴らに襲撃されたら、拳銃一丁弾8発じゃすぐにやられてしまうぞ。

「残りは4発です。4発撃ったんで」

―そうだった。今、どこにいるんだ？

「それは、知らないほうがいいです」

―サプレッサー付き拳銃と、弾薬の在庫がいくらかある。他にも長物を用意できるかもしれない。備えがあれば君も少しは心強いだろう。防衛省に無事たどり着いたら捨てていいから、ぜひ持っていきたまえ。

「ありがたいお言葉ですが、私に会えば北岡さんにも間違いなく被害がおよびます」

―それなら、コインロッカーに銃とアモとボディアーマーを置いておく。駅は危ないから、ラブホテルのロッカーがいい。エントランス前に商売女と遊ぶ男が貴重品を預けるためのロッカーがあるんだよ。場所は神保町で、『クレール』というホテルだ。鍵はガムテープで、君だけがわかる場所に貼り付けておく。防犯カメラもないから安心だ。

　北岡さん、そこ利用したことあるんですか？　などと訊くのも失礼な気がするので。

「なにからなにまで、本当にすみません」

　とだけ言った。

―では今から2時間後に。

北岡が言い、通話を切った。すでに聞いていない北岡に向かって古東は言った。

「ありがとうございます」

◆

署には戻らず、もちろん自宅にも戻らなかった。神経がざわついて眠れないので、梅津を捜すという名目で都内をあてもなくうろつきまわった。そして今、駅前の24時間営業バーガーショップの二階でアボカドバーガーを食い終わり、昼間飲み忘れていた降圧剤を飲んだ。梅津も、男性器露出暴力男も、確保されたという連絡はまだ入らない。

無線機のイヤフォンを外して一休みしようとした時、窓からメトロの入り口を見張っている三十前半とおぼしき人相の悪い男がいるのに気づいた。テーブルにはすぐに手に取れるようスマホを置いている。

頭はあまり良くないが、集中力と持久力だけはありそうな奴だ。

久米野はコーヒーをもう一口飲んでから立ち上がり、その男のほうへ近づいていった。かなり近づいてからやっと男が、感情のない目で久米野を見た。久米野はポリスバッジを見せ、言った。

「ちょっといいかな」

男の顔がわかりやすく敵対的になった。

「立たなくていいよ、そのままで」

久米野は笑顔で言い、男の真向かいの椅子に腰掛けた。

「なんなんだよ」男が苛立ちを隠さずに言う。

「形式的な職質だよ」

「ここ、路上じゃねえよ」

「路上じゃなくてもバンカケはしていいんだ」

「俺の何が怪しいってんだよ、ヒマなのかよ」と男が窓の外から目を離さずに吐き捨てた。

「そうかもな。メトロの入り口を見張ってるな」

「意味わかんねえ、ただ外を眺めてるだけだ」

だが、顔を見れば図星であることはわかる。

「オリンピックのおかげでメトロは週末24時間運行になって便利になった反面、深夜に悪い奴の移動が可能になったよなぁ」

久米野はわざとのんびりとした口調でいい、男をいらだたせた。

「ちっ」

男が舌打ちして、財布から何かを抜いてテーブルに叩きつけ、久米野のほうに差し出した。運転免許証だった。

「見せてやるから、さっさと行ってくれ」

「見張りに集中したいんだな、牧原高志さん」

久米野は免許証を見て男の名を呼んだ。

「誰かがあのメトロの駅に近づいたり、出てきたりしたら、大急ぎで誰かに報告するのか？」

牧原は答えない。

「それともなにかの計画の下見をしてるのか？」

久米野はテロ等準備罪の容疑を臭わせた。

「眠れないからここでぼおっと人がいったりきたりするのを見ているだけだ。それだけで逮捕するのか」

メトロの出入り口から人がたくさん出てくると、牧原が目に見えて緊張した。目がせわしなく動く。しかし出てきた人間たちが深夜の街に散っていくと、緊張が解けた。

久米野は無線機のマイクを口元に持って行き、「ヒャクニジュウサン、A、B、Y、及びZ号照会一件ねがいます」と小声で話しかけた。

男の目の色が変わった。だがよほど大事な用事なのか、再びメトロの入り口に集中する。貧乏ゆすりが始まった。

「氏名・牧原高志、牧場の牧に原っぱ、高い低いの高いに、こころざしの志。生年月日89年6月20日」

照会の結果、ポケットナイフ所持の軽犯罪法で逮捕されているが不起訴。重大犯罪の経歴はなかった。薬物使用歴もなく、暴力団とのかかわりもない。

久米野がテーブルに運転免許証を置くと、牧原はそれをひったくって財布に戻した。

だが、久米野は満足できなかった。

「正直に答えれば、署には連れて行かない」

「なんだよ、まだいたのかよ」

貧乏ゆすりがさらにひどくなった。

「どうもすっきりしないのでね」

「ならトイレでクソしてくれれば？」

男がそう言った直後、牧原のスマホが鳴った。即座に出る。

「はい牧原です…………わかりました…………了解です、すぐに行きます」

牧原が通話を切って立ち上がった。

「どこへ行く」

牧原は久米野に向かって中指をぐぐっと突き立て、フロアを走って横切り、階段を駆け下りていった。

久米野は外を見て、牧原がメトロの入り口に吸い込まれていくのを見届けると、自分も立ち上がり、駆け出した。

いまや動物的な勘だけで動いていた。

幸い、ちょうど電車が到着したところで、牧原はホームの進行方向側の先から電車に乗り込んだ。久米野も、先頭から三番目の車両にぎりぎりで飛び込んだ。二両目に移動し、牧原を観察する。スマホで何者かと連絡をとっているらしく、貧乏ゆすりを続けながらせわしなくテキスト入力している。

二分後、隣駅に到着すると、乗り込んできた乗客たちの一人が牧原に近づき、二人は互いにうなずき、新たに乗ってきた男が牧原の隣に座った。牧原と同い年くらいで、よりヤンキー臭が濃かった。牧原と違ってA号照会すれば間違いなくヒットしそうだ。もしかしたらY号も。

さらにもうひとつ先の駅で、また不穏な目つきの男が乗り込んできて、牧原たちに近づき、一緒になった。合流して飲みにいくという雰囲気には程遠い。

こいつら、各駅の出入り口で見張りをしていて、上の人間から集合がかかってこれからどこかに向かっているのだと久米野は読んだ。

三人の目的地は次の駅、神保町だった。

電車が止まるずいぶん前に三人はドアの前に立って、駆け出す準備をしている。久米野もドアの前に立ち、待った。

電車が止まって、ドアが半分も開かないうちに三人は猟犬のように駆け出した。牧原が走りながらスマホで誰かに電話する。到着したことを告げているのかもしれない。奴らが走るなら、自分も走らなければならない。かといって存在を気づかれてはならない。その加減がむずかしい。さきほど降圧剤を飲んでおいてよかった。

加減に失敗して三人を見失ってしまった。課長の宮脇が嘆くように首をふる姿が頭に浮かんだ。悪かったな、戦争に行ってちょっとばかりデカの能力が衰えちまってな。所轄の応援を頼もうかと思った。おそらく嫌がられるか、拒否されるかもしれない。なにせあの三人は走っていただけでなんら法を犯していない。ただ怪しいというだけだ。

「きゃあああぁ！」

女の悲鳴が聞こえたので、久米野は声のしたほうへ走り出した。暗く細い路地に飛び込む。そしてこんなところにラブホテルがあったのかと久米野は驚いた。

ホテルの入り口前に、牧原と、三人の男が頭や顔や心臓や股間を撃たれて倒れていた。血だまりが急速に広がりつつあった。

いかにも娼婦な中年女が盛大に嘔吐していた。

牧原はぴくりとも動かない。他の二人は死に向かって痙攣していた。四人目の男は首を撃たれていてスマホを握り締めたまままうつぶせに死んでいた。

足元に、自動拳銃の薬莢が複数落ちている。これまでさんざん見たからすぐに9ミリ弾だとわかった。ナイフも落ちているが、ブレードに血はついていない。使う前にやられたということだろう。

「くそっ」久米野は悪態をつき、吐いている娼婦に「おい」と声をかけ、ポリスバッジを見せた。

「何があった、誰がやった」

「男が、撃ったの」蒼白になった女が涙を流しつつ、おろおろとした声で答えた。

「仕事が終わってホテルから出てきたら、男がそこのロッカーからバッグを取り出していて……そしたらいきなり刃物を持った四人の男が駆けつけてその男を取り囲んで、男がいきなりバッグの中からピストルを抜いて撃ったの、パンパンパンパン！　てすごい速さで」

「撃った男は？」

「あっちの細い路地を走っていった」と女はホテルの先を指差した。

「どんな奴だ？　背は高いか？　痩せか、デブか、禿げてるか？」

目撃者の記憶は一秒経つごとに急速に劣化していくし、いとも簡単に捜査員に誘導されてしまう。だが今ならまだフレッシュだ。

「顔はちゃんと見てないの、でも背はあたしとおんなじくらいで、がっちりしてて、お腹がぽっこり出てた」

「ホテルに戻って110番通報するんだ」

久米野は女に指示し、走り出した。ホルスターから拳銃を抜く。一気に四人も片づけるなんて並みの奴じゃない。誰だ？　そして牧原を含む四人はいったいなんだったんだ？　暴力団ではないのなら……不死鳥日本？

細い路地から大通りに飛び出した。男は消えてしまった。逃がしてしまい残念という気持より、鉢合わせしないで済んで良かったという気持の方がすこし勝っていた。こちらも拳銃は持っているが、相手の方が上手だろう。対決していたら脳みそを散らかして自分の血溜まりに浸かって死んでいたかもしれない。

◆

あてもなくスマホをいじりつつ、防衛省出張所までの危険な道のりを、少しでも危険を減らす方法はないものかと思案していたところ、意外な助け舟があることに気づいた。

梅津の電話に応対した女性職員は一言も触れなかったが、チベット戦争勃発当初から民間人のチベット徴兵に反対している複数の市民団体が、継続的に防衛省出張所前で抗議活動を行っているのだ。今日も複数の団体によって行われる。

その中のひとつ『ストップ！ コンスクリプション』という名の市民団体は抗議活動への参加者を随時募っていて、初参加者は抗議集会の会場まで団体のメンバーに引率してもらうことも可能だとホームページに書いてあった。

朝八時半、梅津は（抗議デモ参加ご希望の方は、お気軽にご連絡ください！）という呼びかけとともに記載されている主要メンバー4人の内の一人、大芝という男のケータイ番号にかけてみた。

—はいおはようございます！ ストップ！ コンスクリプションの大芝でございます。

エネルギーが有り余っている感じの中年の陽気な声だった。陽気な人間にありがちな胡散臭さは感じられない。

「す、すみません、こんな朝早くに。あの、ホームページに載っていたこの番号にかけてみたんですが……」

—ありがとうございますう！

「私は、木村といいます」

梅津は偽名を名乗った。

「今のこんな日本を変えるために、小さくても何かしなきゃいけないと思いまして、今日のデモに参加したいんです……私のような初心者でも大丈夫でしょうか？」

―おおっ、ぜひぜひ参加してください。チベット徴兵に反対している人ならどなたでも大歓迎ですよ！

「ありがとうございます。それで、あの、私、一応東京都民なのに防衛省出張所がどこにあるかも知らなくて、おまけにものすごい方向音痴なんです。メンバーのどなたかと防衛省まで一緒にいけたら心強いんですが、可能でしょうか」

―はっ、はっ、はっ、そうですか。ご心配いりませんよぉ、最寄り駅はどちらになりますかぁ？

「えっと、メトロ東西線の落合駅です」

―そこまではお一人でこられますよね？

「ええ、はい」

なんとかそこまでは自力でたどり着くしかない。

―それじゃあ私を含めたメンバー三人と合流して、そこから防衛省出張所に向かいましょうよ。

それこそ梅津の望んだ展開だった。カムフラージュ兼護衛だ。

「え、いいんですか⁉　ありがとうございます！　一人で防衛省まで行くのはちょっと心細くて、安心しました」

―はっはっは～、いやぁ私も新しい仲間が増えるのはとても嬉しいです。平和の抗議活動は11時から開始する予定なので、落合駅の大手町方面行きのホームの真ん中で10時半に待ち合わせいたしましょう。

「わかりました。かならず時間通りに行きます」

―お目にかかれるのを楽しみにしています。木村さん。和気あいあいと一緒にがんばりましょう。

「はい、がんばります。それでは10時半に、駅のホームで」

通話を切って、「ふうっ」と息を漏らした。

警察が目を光らせて捜しているのは、単独で行動している気の狂った暴力人間だ。仲間と和気あいあい抗議のデモにでかける平和活動団体員ではない。

九段下駅までなんとか辿り着ければもう大丈夫だ。12時頃になったらさりげなく団体の連中から離れて防衛省出張所に駆け込めばいい。我ながら頭の良い作戦だ。

「そうだよな？」

声に出して訊いたが、誰に訊いたのかいまいちわからない。

小林か？　チャベス軍曹か？　それとも戦争の神様？

◆

少しでも他人の目に触れることを避けるために、古東は咄嗟の判断で路肩にある時間制限パーキングに止まっている4トントラックの車体の下にもぐりこんだ。多少の時間は稼げるだろう。流れ流れて、ついに車の下だ。ホームレスだってもっと堂々と路上で眠れる。これぞどん底の帝王というやつだ。

涙は出ない。怒りもない。全身の細胞がゆっくり、ぐすぐずと崩れて溶け出しそうな疲労感だけがある。

北岡さんに指定されたあのラブホテルの前でロッカーから荷物を取り出そうとした時、四人の男が刃物を手に俺を取り囲んだ。奴らは俺が誰だかわかっていた。あっさり見つかったのだ。不死鳥日本の機動力を見くびっていた。

バッグからサプレッサーが装着されたグロックを抜いて一番体格の良い男の顔を撃ち抜き、残りの三人が銃にはかなわないと悟って逃げてくれることを期待した。

それなのに、会長に褒められたいのか賞金が欲しいのか逃げても追いかけてきて殺されるとでも思ったか、あるいは組織の教育部によって特殊な思考回路でも植えつけられたのか、残る三人が一斉に襲ってきた。

時間が飛んだ、というか抜け落ちた。

気づいたら死体が四つできていた。売春婦らしき中年女がホテルの出入り口前で固まっていた。

その女も撃とうかと一瞬思ったが、やめた。ずしりと重たいバッグを肩に担いで暗い路地に駆け込んで、とにかく姿を隠せる場所を探して走り回った。

ベーコンとハムの亡骸を車内に置いたまま車を捨てなければならないのは、本当につらかった。しかしいまや、不死鳥日本のみならず警察も自分を捜している。ラブホテルの前で四人も撃ち殺した凶悪殺人犯を。車ではすぐに身動きが取れなくなる。防衛省は目と鼻の先だが、そこまでの距離が危険極まりない地雷原だ。地雷原をどう渡り切るか考え、ひとつの作戦を思いついた。まだ崩れて溶け出さなくてもいい。

不死鳥日本も警察も、捜しているのは俺という一人の中年男だ。団体や、男女のカップルではない。

それなら、カップルになればいい。

スマホで『レンタルガールフレンドＮｅｏ』というデートクラブを見つけ、そこで防衛省までのカムフラージュになる女を調達することにした。Ｎｅｏってことは、前の社長が逮捕でもされて仕切りなおしの再出発をしたということだろうか、などと余計なことを考えてもしょうがない。

（あなたにドストライクのガールフレンドを探す）

18～20　21～25　25～28　28～

年齢別に細かく分けられていた。若いのはダメだ。いかにも中年が金で買ったような若い女は偽装にならない。逆に悪い意味で注目される。

28歳以上で探す。

現在予約可の女が三人いて、その中に32歳の麗香という女がいた。

「お前、絶対32じゃないだろ」古東は思わず写真に向かって言った。「40はいってるよな」微笑んでいるのに目が暗くて、歯並びが悪く、目立つほくろもあり、間違いなく過去もしくは今でも、売春をやっていそうな電波を放っている。

気味の悪い女だがまぁいい、こういう方がカップル偽装には使える。

デートの予約はスマホで簡単にできた。支払いはクレジットカードも使えるし、女に直接現金を渡してもいいらしい。

待ち合わせは北の丸公園田安門前を指定した。時間は10時半。約束を一方的にキャンセルした場合、50万円を請求されますという警告が表示された。

キャンセルするもんか。防衛省までデートだ。デート代は払わない。欲しけりゃチベットまで取りに来い。

さぁ、あとは待ち合わせ時間まで警察にも不死鳥日本にも見つからないことに全力を注ごう。

これはゲームだと思えばいい。そうだ、ただのゲームだろ、こんなもん。

◆

ホームの端に立っている男が警察臭い、と梅津は思った。電車を待っているというより、ホームを行き来する利用客に目を光らせている感じだ。

大芝たちはどこだ？

WELCOME 木村さん　ストップ！　コンスクリプション
サインボードを持った三人の男女が、ホームの真ん中にあるベンチに座っていた。ボードを持っている太った大きな男が大芝だろう。声も陽気だったが、外見もいかにも陽気だ。オレンジと白の大きなチェック柄のポロシャツに、濃いイエローの七分丈カーゴパンツ、スニーカーはロイヤルブルーのプロケッズのハイカットスニーカー、ハイソックスはオレンジと黒のボーダーだ。

それに比べて残り二人の男女の服装は地味で、平和団体というより中年独身者限定野鳥観察の会、あるいは下町路地散策会といった趣である。この落差はなかなかいい。派手な大芝にくっついていれば目立たずに済む。

梅津は三人に近づき、大芝に声をかけた。

「あの、大芝さんでしょうか？」

「木村さん⁉」

「はい、そうです」

大芝がボードを隣の中年女性に預け、立ち上がって右手を差し出した。

「よくきてくれました！　こうして会えたからにはもう大丈夫ですよ」

握手すると、大芝の手は熱いほどで、汗ばんでいた。腕は類人猿並みに毛むくじゃらだ。

「良かったです。急なお願いを聞いていただき、ありがとうございます」

梅津はほっとして礼を言った。

「なぁになに、うちは飛び入り参加大歓迎ですから！　朝ごはんは食べてきましたか？」

「ええ、まぁ、軽く」

「握り飯をたくさん作ってきたので、腹が減ったら遠慮なく言ってください」

「この人の作ったおにぎりは大きくて、しかもおいしいのよ」

髪の短い小柄な中年女性がうれしそうに言った。年は大芝より上だろう。

「腹が減っては荒んでいくばかりの世の中と戦えませんからね、はっははは！」

豪快な笑い声がホームに響き渡った。だいぶクセがあるが、梅津はこの男に好感を抱いた。この男なら戦地でも生き残れるかもしれない。チャベス軍曹もそうだったが、根が陽気な人間のほうが陰気な奴より生き延びていた気がする。

「おっとっと、紹介を忘れてました。こちらの美しい女性が奥山さん、それからこっちのイケメンが江角くん」

イケメンと紹介された江角は、顔は若いのに頭髪の半分以上が白髪の、30歳くらいの男だった。イケメンにはいま一歩届いていない気がする。

「よろしくお願いします、江角です」江角が力強い声で挨拶した。

「こちらこそよろしくお願いします」梅津は言い、深くお辞儀した。奥山とも同じように挨拶を交わした。

発車案内板を見て「もうすぐ電車がきますね」と江角が言った。

「ホームの端に立ってるあの男、刑事くさいな」いきなり大芝が小声で言った。

梅津もさきほどからまったく同じことを考えていたので驚いた。おおかたの平和団体というのはデモの現場でしょっちゅう制服警官や私服刑事とやりあっているだろうし、もしかしたら団体が内偵されているかもしれないから、警察センサーが発達しているのだろう。

「出入り口にも制服警官が立っていたわよね」と奥山が言う。

そう、立っていた。心臓が凍りついた。だが、びくびくしていると奴らのセンサーに引っかかるので堂々と前を通った。そしたら警官二人が突然動き出し、ディスコネクトスイッチが入りそうになったが、警官たちは梅津とはまったくタイプの異なる太った男に職務質問をした。あれは恐ろしい瞬間だった。

「あれ、みんな知らないいんですか？　神保町ですごい殺しがあったんですよ」江角が言った。

「なんだい、すごい殺しってのは。古本屋の老主人たちが、無礼に進出してきた大手靴チェーンの店長を拉致して入れ歯でよってたかって噛み殺したとかかい？」大芝がジョークを繰り出した。

「おほほほほ！　やあねえ大芝さん朝からもう、うふふふふっ」と奥山がやけに嬉しそうに笑った。

梅津も付き合って、へらへらと力なく笑った。

「いや、ラブホテルの前で男が四人、拳銃で撃ち殺されたそうです」江角が言った。

「へええ、そりゃまた派手にやったな。犯人はジョン・ウィックなんじゃないのか？」

大芝がちょっと嬉しそうに言った。

「犯人はまだ捕まっていないそうです」

「そりゃジョン・ウィックがそうやすやすと捕まるわけないからなぁ」

どうやら警官が捜しているのは自分ではなく、四人殺しのその男らしい。ありがたい、どんどんそっちに集中して、公衆浴場で暴れまくって男性器を露出して走り回っただけのスケールの小さな犯罪者の俺のことなんか、どうぞ後回しにしてくれ。忘れてくれてもいい。

電車がホームに滑り込んできて止まった。ドアが開いて乗客が吐き出される。ホームの端に立った刑事臭い男が鋭く、射抜くような目つきになった。乗降客を目でスキャンしているのだ。もしかしたら見当たり捜査官かもしれない。

もしも俺が一人で電車を待っていたら、あいつに気づかれて身柄を確保されていたかもしれない。そうなったら俺も大人しく捕まる気などまったくないから、流血の展開は避けられなかったろう。無関係な一般人も巻き添えになって、戦争の最前線のようなありさまになっていたかもしれない。

おかしなものだ、俺は結局その最前線とやらを一度も経験していない。戦闘になった！　と思った次の瞬間にもう終わっていたり、戦闘が続いていると思って恐怖に震えていたらそもそも戦闘なんて起きていなかったり、今思い返すとはたして最前線なんてものがあったのかどうかもわからない。むしろ日本に帰ってきてからが最前線だ。

梅津たちは四人ひとかたまりになって電車に乗り込んだ。席は空いているが誰も座ろうとしない。

「ところで木村さん、普段はなにを？」

大芝が朗らかに訊いた。

木村さん？　ああそうか、俺は偽名を使っていたんだった。

「ああ、ええと、ある電機メーカーの、通信機器の製造販売部門に……いました。今は特になにも」

その答えに、大芝の顔が一瞬で深刻になった。

「もしかして、センヨーの子会社かい？」

梅津ははっとなった。

「ビンゴかい？　センヨーの子会社からは独身社員がたくさん戦争に取られたって聞いたんだけど、本当なの？」

大芝が声量を絞って訊いてきた。

「はい、そうなんです。センヨーは政府関係の仕事もたくさん受注しているんで、徴兵の要請を断れないんです。同僚が徴兵されたので、身の危険をあわてて感じて辞めたんです」梅津はウソと本当を混ぜて答えた。

「あぶなかったわねえ」

「賢明でしたね」

奥山と江角が同時に言った。

「戦争はいやです、たとえどんな立派な大義があったって……」

自分で言っておきながら、あきれる。自分はその戦争にまた行こうとしているのだ。しかも大義のためや困っている人を助けたいからでなく、自分がやらかした数々の犯罪行為の懲罰から逃げるために。

だが、俺は私利私欲で罪をおかしたんじゃない。精神的肉体的暴力の嵐に放り込まれて、その中でなんとか生き延びようとしただけだ。再び社会に適応しようと努力した。でもダメだった。何度も暴力を振るったが、一度だってそれを楽しんじゃいない。訓練によって考える前に体が動くようにプログラムされたのだ。そのプログラムは上書きも消去もできない。

大芝がぽってりと厚い手を梅津の肩に乗せていった。

「木村さん、会社を辞めたからといって、あなたはまだ完全に安全というわけではないですよ。政府にはとっくに目をつけられているでしょう。徴兵候補リストに名前が載っているかもしれない」

「ええ、そうでしょうね、きっと」

「いつ、警官と徴兵官が赤紙を持ってやってくるかわかりませんよ。徴兵されそうな気配を少しでも感じたら、すぐに私や奥山さんや江角さんに連絡してください。われわれがなんとかして逃がしてあげますから」

なんということだ。こんな優しい人たちがいるなら、チベットに逃げなくてもいいんじゃないのか？

車内アナウンスが、次の停車駅が九段下であることを告げた。

◆

夢をみた。

夢の中で古東は、13歳の時に自分と病気の父を残して失踪した母親と不思議とよく似た顔立ちのチベット女の尋問に立ち会っていた。

正方形で天井が高い部屋にいるのは、手足を拘束された容疑者のチベット女、ロシア系アメリカ人の尋問官ペトロヴィッチ、通訳のチベット民兵・ナムカン、軍用犬ハンドラーの古東、そしてドーベルマンのグレッグだ。

「お前は、テロリストに、連合軍小隊が村に滞在していることを教えたな？」ペトロヴィッチが英語で質問する。それをナムカンがチベットの言葉に翻訳して伝える。

古東の母親そっくりの女が泣きながら早口でしゃべる。酔っぱらっては泣きじゃくって呪詛の言葉を吐きまくった自分の母親を見ているようで正視に堪えない。

「このバカ女はなんて言ってるんだ」ペトロヴィッチがナムカンに訊く。

「何も知らないと言っています。夫と娘が私のことを心配しています、早く家に帰してくれと言っています」

「ではこう伝えろ、真実を言わないとお前の娘をここに連れてきて、お前の目の前でこのドーベルマンに娘の首を食いちぎらせるとな」

ふざけるな、と古東は思った。

俺のグレッグにそんなことをさせるな。たとえ軍の所有物であっても、俺の犬だぞ、赤顔デブのロシア野郎が。このロシア野郎はこれまで会ったＸｃｏｎＵＳＡの社員の中で一番たちが悪い。入隊前のメンタルテストで弾かれるべきだった。

ナムカンが見るからに気の進まない様子で脅し文句を伝えると、女はさらに激しく泣いて必死に抗議した。女は同じチベット人であるナムカンに望みをかけていることがよくわかった。

「私は本当に真実しか言っていない、私は何も知らないし、テロリストなんか見たこともない」青ざめた顔でナムカンが、英語でペトロヴィッチに伝えた。

「フィルシーホー！」ペトロヴィッチは悪態をつき、古東に命じた。

「犬に両足を喰い千切らせろ。一生歩けないようにしてやれ」

上官であるロシア野郎の命令は絶対だ。常軌を逸した命令でなければ。

通訳のナムカンが「お前、本当にやるのか」という目で古東を見つめる。

古東はほとんど聞こえない声で「イエッサー」と言い、ドーベルマンのグレッグに小声で命じた。

するとグレッグが突然ペトロヴィッチを威嚇し始めた。ペトロヴィッチの顔にわかりやすく怯えが走った。

「おい、なんだ。俺じゃない、このビッチを噛めと言ったんだ！」

「ファック、ユー」古東ははっきりと聞こえるように吐き捨てた。

「ホワット？」

ペトロヴィッチは椅子から立って壁のほうに後ずさった。グレッグがペトロヴィッチに激しく吠え立てる。

「くそくらえだ、ビョーキのロシア野郎」古東は吐き捨てた。「この女は何も知らないと言っている。何も知らないんだ、何も知らなきゃそう言うしかないだろ！」

「お前が判断することじゃない！」ペトロヴィッチが怒鳴った。

「歩けないようにしてやれだと？　てめえは尋問官なのに、尋問の基本的ルールを無視するのか。犬は容疑者の身体を破壊するための武器じゃない、精神的圧力をかけるためのツールだ！」

「いいから犬を引っ込めろ、コトー。引っ込めたら上官命令への不服従については見逃してやる」

「まだ偉そうなことぬかすのか。グレッグにお前の二重顎を喰い千切らせてやろうか⁉　喜んで噛みつくぞ、俺に似てお前のことが大嫌いだからな」

「わかった。わかったからもうやめろ、やめてくれ」

「この女を、家に帰せ」古東は要求した。

ペトロヴィッチは鼻の下の汗を拭い、唾をごくりと飲み込んでから、「ＯＫ」と言った。

「帰すんだな？」古東は念を押した。

「そうだ、尋問は終わりにする」

古東はグレッグに吠えるのをやめさせた。それから女に向かって言った。

「ゴー、ホーム」

女は、その二語を理解したようだ。

ペトロヴィッチが拳銃を抜いて女の顔を二発、胸を一発撃った。女が頭をのけぞらせ、生命のない物体となってごろんと転がった。

「イナフ（もうたくさんだ）！」

通訳のナムカンが護身用ナイフを抜き、ペトロヴィッチに体当たりして腹を深々と刺した。素早く引き抜いてもう一度刺し、ブレードをひねって傷口をこじ開ける。訓練で教わった通りに。刺されながらもペトロヴィッチはナムカンの腹を二発撃った。

二人は抱き合って床に倒れ、互いの鮮血をねっとりと混じらせた。ナムカンが目蓋を半分閉じて死の痙攣を始めた。

ペトロヴィッチは口から大量の血をごぼごぼと噴き出しながら目で「メディック、メディック」と古東に訴えた。これほどうっとうしい（俺は重傷アピール）もない。

「イッツ、トゥーレイト」古東はペトロヴィッチに言い、ひざまずいてグレッグの頭を抱き寄せた。

「いい子だ」


冷や汗にまみれて目を覚ました古東は、路肩にある時間制限パーキングに止まっている4トントラックの車体の下から這い出し、節々が痛むことに悪態をついてのろのろ立ち上がると、服をはたいた。トラックドライバーは大口を開けて眠っていた。スポーツバッグを引っ張り出して肩に担ぐと、待ち合わせ場所に早足で向かった。建設現場に向かうマイクロバスの出発時刻に間に合うよう急いでいる日払い労働者に見えるといいのだが……。

朝陽が古東の顔を照らす。はたして俺は、今日という一日を生き延びてまた明日の朝陽を浴びられるのだろうか。

「麗香さんか？」

古東が女に声をかけると、女が顔を上げて、黄色い前歯を剥いた。

なんだその顔は、あ、笑ったのか。

それにしても姿勢が良くないな、この女は。靴のせいだけじゃない。

「コトーさんね？」女が訊きかえす。

「そうだ」

「よろしくお願いします」

麗香は言って、潤いのなさそうな長い前髪をかき上げたが、まるでそそられなかった。

「こちらこそ」とだけ古東は言った。

別に何かを期待していたわけではないが、それでも残念ではある。こういう女の存在そのものが。こんな言葉はできるだけ使いたくないが、（オワコン）としか言いようがなかった。こうなってしまう前に何か手を打てなかったものなのか。なにか打ち込めることを見つけるとか……。

麗香が気色悪いほどガーリーにデコレートしたスマホを取り出して、アラームをセットした。デート時間は一秒たりともタダで延長できないという無言宣言である。

それから「デートコースは決まってるんですか？」といかにも興味心なさそうに訊

く。

「ああ、決まっている、歩いて防衛省のほうまで付き合って欲しい」と古東は答え、銃器と弾薬のたっぷり詰まったスポーツバッグを担ぎなおした。

「わかりました。他には？」

「今のところ考えてない」

「デート開始から一時間経つとプラン変更はできませんけどいいですか？」

「いいよ」

古東はむっとして答え、歩き出した。

「歩くのが早いです」

今度は麗香がむっとして言った。

古東は振り返り「なに？」と訊いた。

「このハイヒールだとそんなに早く歩けないからゆっくり歩いてよ」

早くもため口で注文された。しかも最悪に気を滅入らせる三白眼で。

「わかったよ」

古東は言い、ため息をついた。

それから二人で口もきかずに並んで歩く。時折周囲を見回すが、こちらを観察している者はいないし、空気中に殺気も感じない。このままなにごともなく、防衛省出張所までつまらない無言の二人歩きが続いて欲しいものだ。いや、もちろん楽しい会話のある二人歩きならもっといいが、それは期待してもしかたないだろう。

「何が入ってるの？」麗香が訊いてきた。

「ん？」

「バッグ重そうだけど」

会話を切り出すならもっと話題を考えてからにしろと言いたかったが、古東は「仕事道具だ」と面倒くさげに答えた。

すると「仕事は何してるの？」と訊かれた。

なんでもいいだろ、と突っぱねるのもバカみたいだし、どう答えるか考えていると麗香が「待って、当ててあげる。カメラマンでしょ？」

「は？」

「違うの？」

「違うな。なんでそう思った」

「プロのカメラマンて、みんな大きなバッグ担いでるから」

「へええ」

「あたし副業でモデルやってたからわかるんだ」

副業でモデル、本業は廃人か。

「ねえ、なんであたしを選んだの？」

そんなこと訊くなんて、恐るべき自意識過剰だ。それともまさか嬉しかったのか？

いやまさかそんな……

「そうだな、なんでかな……」

そのまましばらく黙り、うやむやにしようと思ったのに麗香はしつこかった。

「なんで？」

「一緒に歩いてて自然に見えるかなと思ったんだ」正直な答えだった。「違和感が少ないっていうか」

「……それが理由？」

また凶悪な三白眼で訊く。

「それじゃ不満か？」

「自分とつりあうと思ったわけ？」

「いけないか？」

「そんなこと思わないで欲しいな」

「はあ？」

古東は思わず立ち止まって麗香の顔をまじまじと見た。

「あなたとあたしが釣り合うなんてことない。あたしは仕事でやっているだけ。そんなこと言わないでもらいたいし、考えるのもやめて欲しい」

一瞬、本気で殺そうかと思った。バッグの中にはサプレッサー付きの9ミリグロックが入っている。顔に一発ブシュッと……。だがなんとか怒りを抑え込み、言った。

「わかった、もういいから黙ってくれ」

また歩き出す。早足になる。

「歩くの早いって言ってんのぉ」

「お前が遅いんだ」古東は声を尖らせた。

麗香が息を呑み、口元を押さえた。

「なんでそんなひどいこと言うのお？　いつもそうなの？」

「とにかく一緒に歩いてくれよ。それが仕事なんだから」

「仕事どころじゃないよぅ、そんなひどいこと言われたら仕事どころじゃないよお」

お前、頭がおかしいのか？　古東は少し怖くなってきた。

「おい、頼むよ」

「あたしと釣り合うって思われたことだけでもショックなのに、仕事でやってるだけなのに歩くのが遅いとか、あたし信じられない」

「信じられなくてもいいから、仕事をこなすんだ。子供じゃないんだから」

麗香は何も言わずにデコレーション過剰なスマホをバッグから引き抜き、勢いあまって地面に落とすと「ああこのクソっ！」と悪態をついて拾い上げ、誰かに電話した。

「誰にかけてる、美人局かお前」

しかし麗香は答えず、古東を追い越してずんずん歩く。

「もしもしい、麗香ですけどお！……お客が変なんでもう帰ってもいいですかあ？……なんかもう全部やなのお！」

すると、電話の向こうで男が怒鳴った。早口でまくしたてる。それを聞く麗香の目蓋の動きが早くなり、重たい付けまつげがズレ始めた。なんと、泣いている。

「だって……」

その「だって」に対して電話の相手が50倍近い数の罵詈雑言を麗香の20倍くらいの声量で投げつけた。離れていても「ボケ」だの「バカ」だの「ばばあ」などの単語が漏れ聞こえるほどだった。

「うううえええええん」

麗香が気持の悪い声で泣き出した。顔が崩れて類人猿になった。毛虫のような付けまつげの片方がぼとりと落ちた。

通りがかった目つきの悪い若い男が「お前らなにやってんだ、バカか？」と言いたげな視線を投げてよこした。

電話の向こうの男が何か言うと、麗香がスマホを顔から離し、いきなり「かわって」と古東にスマホを差し出した。

「なに？」

「話があるから」

「誰なんだよ」

「マネージャー！」

「デートクラブのか？」

「そうよっ」

「どうして俺が話さなきゃいけないんだ」

「かわってくれって言ってるのお！」

古東はいやいやスマホを受け取った。耳元に持っていく。

「やめてスピーカーにしてっ、あたしのスマホに顔をくっつけないで！」

「うるせえ、今やる」

古東はスピーカーボタンを押し、「話ってなんだ」と電話の男に訊いた。

—すみません、お客さん、麗香がご迷惑おかけしちゃってるみたいで。

恫喝してくるかと思ったのに謝られて拍子抜けした。だが、謝り方に誠実さは感じられない。

—麗香ちゃん、今日はメンタル不調みたいなんです。

「よくわかるよ、わかりやす過ぎる」と古東は吐き捨てた。

麗香は古東から数メートル離れ、膝を抱えて震えだした。

―中年の危機なんですよ、麗香は。大目に見てやってくれますか？

「今すぐ泣き止むようにあんたから命令してくれよ」

―いやぁあ、それよりお客さんが優しい言葉のひとつかふたつかけてあげて、自信を取り戻させてあげてくれませんかねえ。

「なぜ俺がそんなことしなくちゃいけないんだ」

―お客さんの男としてのポイントがぐっと上がると思うんですよぉ。そしたらその後のデートがね、こう、いい具合に盛り上がると思うんですね。

「くだらん」

古東は通話を切って、麗香に三歩で近づき、スマホを差し出して言った。

「仕事は終わってないんだ、いくぞ」

麗香は立とうとしない。

「立てえええっ！」

麗香がぎくりとして、立ち上がった。

「そうだ、それでいい。もう何もしゃべらなくていいから、防衛省の出張所まで俺と一緒に歩くんだ。デート中の女らしくな。それがお前の仕事だ。憂鬱だからって、嫌なことを言われたからって、放棄するな。行くぞ」

古東が歩き出すと、魂の抜け切った顔で麗香ものろのろとついてくる。一気に60歳まで老け込んだみたいだ。

防衛省まで直線距離で300メートルにまで近づいた時、古東はふとあることに気づいた。

車道を隔てた向こうの歩道を歩いている若い男、さっきすれ違わなかったか？　麗香が大泣きしている時に「お前らなにやってんだ、バカか？」という視線を投げつけた若い奴だ。

「♪　つぅらいことがああっても〜僕が、君を〜　うぅん、桃色の花びらで、優しく包むよう〜おう〜」

麗香が、小声で自分を慰める歌を歌いだし、せわしなく自分の髪を撫でる。

絶対にこっちを監視している。

古東は自分のスマホでカメラを起動し、自分撮りモードにして、さりげなく、自分の背後を見た。

15メートル前後を、殺気の充満した爬虫類系の顔立ちをした顎髭の中年男が、スマホで誰かと話しながら歩いていた。わかりやすくこっちを睨んでいる。

あいつ、絶対に人を殺したことがある、と古東は確信した。軍隊ですらああいうイカれた目をした奴は採用しないだろう。平気で味方に爆弾を落としたりロケット弾を打ち込むようなことをしておいてしれっと責任転嫁するような野郎だ。

ほんの一瞬、向こうの歩道の男を見るとそいつもスマホで誰かと話している。

古東の胃袋の底で不快な液体がぐるぐると回り始めた。左肩に担いだスポーツバッグのジッパーを右手で10センチほど開け、中に手を入れる。９ミリグロックのグリップを確かめた。デートの偽装は、無駄だったのだろうか？

◆

防衛省九段下出張所前で抗議活動をしにきた平和団体は『ストップ！　コンスクリプション』だけではなかった。

出張所前には二百人ほどが集まり、すでに抗議デモが始まっていて、平和活動家たちをあてにした露店まで出ていて実に騒がしかった。空気中にイカ焼きやソース焼きそばの匂いが漂っているのはそのせいだ。

「驚きました？」大芝が陽気な顔で訊いてきた。

「ええ、まさかこんなに盛大だとは」

「毎週毎週こぉんなに人が集まって防衛省に抗議してるってのに、新聞もテレビもどこも取り上げやせんのですよ。あらためて日本のメディアの存在意義はもうなくなったと思いますよ、私は」そう言う大芝は笑顔だが、目が笑っていない。

「幼稚な洗脳道具に堕したテレビなんて、もう要りませんよね」江角が敵意を剥き出して吐き捨てた。「いまどきのテレビ業界に群がってる奴なんか、みんな死んじまえばいい」

奥山もむっとしている。同感なのだ。

「江角君、でも君、大好きな虹コンが地上波の歌番に出た時、僕の家にテレビを見に押しかけたよね？」

大芝にからかうように言われて江角が決まりの悪そうな顔をした。

「僕らの仲間は、向こうにテントを張っています。ウチの旗が見えますか？」と大芝が訊いた。

「ええ、見えます。大きいですね」梅津は答えた。あそこにもぐりこんでしまえば、だいぶ安心できるだろう。

◆

「♪　いつもう、君だけをう　うぉううぉう〜　見ているからねぇいえい〜」

麗香は一人の世界に閉じこもってホスト営業的歌謡曲で自分を慰め続けている。鼻汁が唇の上にたまっていても拭おうともしない。

古東の緊張の糸は限界までピーンと張り詰めた。

バッグからサプレッサー付きのグロックを引き抜いた。一発目はすでに薬室に装填されているからスライドを動かす必要もない。そしてもう後戻りはできない。振り返り、銃を両手で保持して距離を縮めつつあった髭面の顔に向けた。

すると髭面の黒目がちな目の奥が、きらりと輝いた。まるで俺がヒーローになれるこういう展開を待ち望んでいた、とでもいうように。

「♪　涙を拭ぅいてえぇ　君はプリンセぇぇスううう」

反対側の歩道で45口径のものと思われる音抜けの良い銃声が轟き、同時に麗香が「げへうっ！」という異様なうめき声を漏らし、古東の顔に鮮血がびしゃっと飛び散った。

古東が見ると、麗香の首にはどうやっても塞ぎようのないすり鉢状のでかい穴がぱっくりと開いて、赤い肉と脂肪と血管をぱっくりと露出していた。敵が撃ち損じたために自分はまだ生きているが、敵の望みは俺がこうなることだ。

麗香がかくっと膝を折り、古東の右腕の肘を掴んで全体重をかけた。それを支えきれず、古東もバランスを崩した。

二発目は爬虫類面の男から放たれた。

頭の上を弾丸が掠めた。古東は尻餅をつくと同時にグロックを握りなおした。

ディスコネクト！

指令が発せられた。前頭葉を脳から切り離し、扁桃体に体の操縦を任せる。

０・３秒で2発撃ち返した。

一発目は外したが、二発目が右足の付け根をヒットした。麗香はもの凄い量の血を噴出しつつ、まだ古東の肘にしがみついている。それがうっとうしい。

そして車道の向こうからまた撃ってきた。弾は麗香の頭蓋骨のてっぺんあたりを吹き飛ばし、さらに古東の防弾ベストの脇腹に食い込み、麗香の頭蓋骨の小さな骨片が飛んで古東の唇にぴしっと当たった。

「くそ野郎っ」

どちらからでもいいが、二人とも殺さねばならない。爬虫類面にグロックを向けると、奴は身を隠すためにずっこけるようにガードレールをまたぎこえ、車道に落ちたところだった。そしてガードレールを遮蔽物にして撃ってくる。狙いはでたらめだ。向こうから走ってきた貨物トラックが、狂ったようにクラクションを連打する。しかし爬虫類男は自分の拳銃音で耳がバカになっているらしい。

そんな薄い金属の板で、９ミリ弾を食い止められるとでも？　デザートイーグルの弾を百科事典で食い止められると思ってくたばった奴と同じくらい阿呆だ。「互いの命をぶつけあう極限状況では、冷静に、無駄なく、素早く行動できる者が生き残る」

名前は忘れてしまったが、あの民間軍事会社の射撃訓練教官は言った。あとになってそれがスティーヴン・ハンターというアクション作家の著作からぱくったものだと別の教官から教えてもらった。それでも正しいことに違いはない。

できうるかぎり精一杯冷静に狙いを定め、引き金を絞った。ほぼ狙ったところに着弾した。貨物トラックが車道に倒れた爬虫類男をたくみに避けた。

古東はすぐさま、反対側の車道にいるもう一人の敵を捜す。いない、と思ったら車道を突っ切ってこちらに走ってくる。

目が合った。敵の銃口が上がる。

古東は狙うことよりも弾幕を張って食い止めることを優先し、グロックを撃ちまくった。反動で弾が上に逸れていかないよう、ゴリラのように力いっぱいグリップを握りこむ。

運よく一発が胸をヒットし、そいつが真後ろに倒れた。ちょうどその瞬間に貨物トラックが通過し、男はトラックの後輪のダブルタイヤに頭から倒れこんで巻き込まれた。男の体が巨大扇風機の羽みたいにぐるんぐるんと豪快に回転し、首が千切れて10

m近くも宙を飛んで古東の方へ飛んできた。そして死の痙攣を始めた麗香の腹の上にぼとっと落ちた。

そして古東と、生首の目が合った。古東は反射的に生首の顔の真ん中を撃った。貫通した9ミリ弾は麗香の腹に食い込んで、とどめをさすかたちとなった。

「あはあぁぁ〜……あ……」

それが麗香の最後の言葉だった。そして腹に開いた穴から血とともに「ぷすううう」と空気だかメタンガスだかが漏れた。

背後から続けざまに複数の種類の銃声が弾け、古東は弾幕の下でぴくりともうごけなくなった。飛んできた弾がアスファルトや麗香の死体にぶすぶすと食い込み、一発が古東の靴のソールを大きく抉った。恐怖に失禁する。

黒い4ドアセダンに乗った男どもが銃を乱射しながら、かつ狂った奇声を発しながら、近づいてくる。そして車道に倒れている爬虫類男の腹にがくんと乗り上げて内臓をぱぁん！　と破裂させ、さらに10mほどバンパーにひっかけてずるずると引きずった。そのせいでセダンのスピードが落ちる。

古東はグロックをベルトの背中側に差し、バッグのジッパーを全開にして大型銃を取り出した。4・6×30ミリの細長い専用弾薬を使用するヘッケラー&コックMP7だ。バナナのような形状の40連発弾倉がグリップから突き出ている。こちらにも約20

cmのサプレッサーが装着されていた。

北岡さんは、孤立無援の俺にこんなに頼もしい殺戮兵器をプレゼントしてくれた。この恩はいつか必ず返してみせる。

考えなくても体は動いた。第一弾を薬室に装填し、右手親指の先でファイアセレクターをセーフティーから連射へと切り替える。銃身下から折りたたみ式のフォワードグリップを起こし、仕上げに伸縮式銃床を引き出して肩に当てる。これで戦闘準備完了だ。

敵の銃声がわずかに途切れた瞬間に古東は上体を起こした。ためらいはなかった。セダンに向けて引き金を絞る。トリガーセーフティーがかちりと外れ、さらに絞り込むと爆発が起きた。

リコイルは予想していたよりも軽く、射撃の経験者であればフルオートでもコントロールを失わずに済んだ。おかげで放った弾のほぼすべてが、車という大きな的に食い込んだ。約2・7秒で40発を撃ちつくした。

瞬く間に車体が穴だらけになり、左前輪がバーストし、ヘッドライトが弾け、フロントグラスが砕け、ドライバーの脳みそが破裂して飛び散り、助手席の窓から身を乗り出して拳銃を撃ちまくっていた男の首が千切れてぼとりと落ちて転がり、左後部席から撃っていた男の肘から先が千切れかけてぶらんとぶらさがった。制御を失ったセダンはガードレールに突っ込んで止まった。五発に一発の割合で仕込まれていた曳光弾がシートか死体の服に引火して、煙がうっすらと漂いだした。

古東は機械的な動きでMP7の弾倉を抜き取り、もう一本の弾倉を太ももに三回強く叩きつけて、弾倉内で複列に並んでいる弾丸をよりタイトに整列させた。排莢不良を防ぐための儀式みたいなものだ。それから弾倉をグリップに差し込んで、ぱちんと底を叩いた。

古東の周囲半径7メートルほどに人間の血と骨片と肉片と内臓と脳みそが散らばっていた。その中に居てなお、自分だけが生きている。心臓が脈打っている。

ふと気づくと四車線道路は大渋滞を起こしていた。巻き添えを食いたくないドライバーたちが皆車を乗り捨てて逃げたのだ。

俺にはどうしても行かなきゃならない所がある。

古東は、麗香の肩からストールを外し、汚れていない部分で顔をごしごしと拭いた。ストールは生乾きの嫌な臭いがした。突然猛烈な吐き気がこみあげて嘔吐した。脇腹にくらった一発が今になって効いてきた。

ふと、乗り捨てられた車を縫って近づいてくる鮮やかな青の、ホンダのスクーターが目に飛び込んだ。

「待てっ」

古東は怒鳴り、ガードレールをまたいでスクーターのドライバーに銃口を向けた。きゃべつ君というキャラクターがプリントされたオレンジ色のタンクトップを着て、薄いグレーのパーカを腰に結んだ大柄な若い女のドライバーは、右手をハンドルに残したまま左手だけ高々と上げ、綺麗に処理された腋の下を古東に見せた。

「タンクトップでバイクは危なくないか？」

古東が訊いても、女は恐怖で質問が理解できていないようだ。

「まぁいい、撃たないからそのバイクをくれ」

古東は安心させようとして言った。その瞬間、ズタズタにしたセダンの陰から弾丸が放たれ、古東の顔の横を掠めた。

まだ一人、死んでいない奴がいた。そういえば後部席右側に座っていた奴が死んだことを確認していなかった。

訓練教官がいたら雷が落ちるところだ。

古東は頭を低くして素早く側面に回りこみ、そいつを撃ちまくった。弾倉の約半分の弾を叩き込んだから、70kgのひき肉と糞尿の混合物にぼろ布をかぶせたような状態になってしまった。そいつの手から落ちた拳銃は、みるからに安物の、錆が浮いたトカレフだった。奇跡的にそいつがかぶっていたミリタリーキャップが綺麗なままで落ちていたので、それを拾って深くかぶった。

それから古東は女に向き直り、「悪いけどついでにそのパーカもくれ」と言った。

女はバイクから降りて車体を乗り捨てられた車によりかからせ、薄い桃色のヘルメットを脱いでシートに置き、パーカを腰から外して、それも置くと、走って逃げていった。

素直でいい。ウエストのくびれもいい。

ＭＰ７とグロックをバッグにしまい、女物のパーカを着て、小さなヘルメットに頭を無理やり押し込み、スクーターを起こしてまたがった。

「よし」と気合を入れ、ゆっくり発進する。

乗り捨てられた車の間を縫って進んでいると、逃げていくドライバーたちが恐怖のあまり吐いたものが、そこかしこに溜まっていた。

ヒステリックに泣きながら警察に通報している男がいた。さきほど初めの襲撃者を後輪に巻き込んで派手に散らかした貨物トラックのドライバーだった。開け放した運転席ドアのステップに腰掛けて激しく貧乏ゆすりしている。

「もう戦争なんすよおっ！　そこらじゅう死体だらけで血の海で、ウソだと思うんなら今すぐ見に来いよおっ！　俺のトラックの車輪に人間が巻き込まれてぐるんぐるん回ってちぎれたんだよっ！　ほんとだよ！」

古東は切り離した前頭葉を、接続しなおした。そしてできるだけ穏やかな声で言った。

「あ、ちょっとすみません」

古東が男にどいてもらうよう頼むと、男は素直に足を引っ込めて通してくれた。

「どうも」古東は礼を言って加速した。

自分がやらかした人殺しの現場が遠くなっていく。防衛庁の出張所はもう目と鼻の先だ。

もうこの国に帰ることはない。戦争というカオスに紛れ込み、チャンスがあったら逃げ出して、どこの国の人間でもない幽霊になっちまう。そして幽霊に飽きたら、谷底に向かって羽を広げて飛んじまえばいい。それでいいんだ。

「それでいい」

◆

九段下駅近くの路上で大規模な銃撃戦が起きて死者七名が出たという衝撃的な知らせを、久米野は早稲田通りを飯田橋駅に向かって歩いている時に聞いた。久米野はその通りをもう何度目かわからないくらい往復していた。

幽霊のような「ホテル前銃殺犯」を逮捕するために200名近い制服警官が動員さ

れ、自らもまた捜し回った。奴はもう網をかいくぐってよその管轄に逃げてしまったのではと思い始めていた矢先のことである。誰からも「お前の担当だ」なんて言われていないし間違いなく「鬼の機捜」の出番なのだが、久米野にとってこれはまさしく「自分のヤマ」であった。

ほんの一分ほどの差で、銃殺魔を逃がしてしまった悔しさはさらに増していた。そのことが更なる大惨事を招いたからだ。

四方八方でサイレンが鳴り響き、ヘリコプターが旋回し、騒々しいことこの上もない。政府の要人でも暗殺されたかのような騒ぎだ。

ポケットの中でスマホが震えた。取り出してみると知らないケータイ番号だった。通話ボタンをタッチして「誰だっ」と声を張り上げた。

—小桜です。おはようございます。このケータイ番号は宮脇課長から教えてもらいました。今どちらにいますか？

小桜の声は溌溂としていた。質の良い眠りを堪能したらしい。うらやましい。

久米野が現在地を告げると、「5分以内に行きます」と小桜が言った。

「近くにいるのか？」と訊いたが、通話はすでに切れていた。

久米野が助手席に乗り込むと同時に小桜が言った。

「久米野さんがまだ拳銃を返却していないので宮脇課長が心配していました」

「まさかホテル前で四人射殺したのが俺だとでも思っているのか？」

その言葉に、小桜が苦笑を浮かべた。

「どの道も大混雑ですが、私たちはどこに行きますか？　梅津の足取りを追いますか？」

「今は梅津より、銃殺犯だ」久米野は言った。

「ですよね。でも、これだけの数の警官がいれば確保は時間の問題という気もしますが」

「ホテル前で四人射殺された時に俺もそう思ったが、そうはならなかった。人任せはダメだ。今、このあたりで中年男が身を隠すのに都合いい場所はどこだろうな。カプセルホテルだの漫喫だの公園の茂みだの、そういうありきたりな場所はとっくに警察がくまなくチェックしている」

「個人宅に押し入っているという可能性は？　お年寄りが一人で住んでいる一軒家とか」

「ここは千代田区だ。そういう家は少ないし、とっくに防犯課が年寄りたちの安否確認をしてるだろう」

「あっ」小桜が声を上げた。

「それがどうした？」

「なんだ」

「この先に防衛省の出張所がありますよね？」

「ああ、この先を左折して200メートルほどだ」久米野は答えた。「それがどうした？」

「あそこの前で毎週金曜日に、徴兵に反対する市民団体が抗議活動しているのをご存じですか？」

「いや、知らない」

「テレビでは報道されていませんからね。私が銃撃犯なら、その抗議活動団体に紛れ込みます。ああいう活動家の人たちって良くも悪くもフレンドリーだから」

まるでそういう友達がいそうな口ぶりであった。

「行ってみよう」

「了解」

小桜が発進させた。

「やっぱり寝てる奴の方が、頭が回るな」久米野が言うと、小桜は微笑んで肩をすくめ、訊いた。「サイレン鳴らしますか？」

「いや、静かに探ろう」久米野は言った。

◆

「九段下駅の近くですごい騒ぎが起きてるみたいですよ。路上で銃撃戦があったって」

　スマホの画面を見ながら、江角が梅津たちに言った。

「また例のジョン・ウィックみたいなガンマンか？」

　気合を入れるための鉢巻を大きな頭に巻きながら大芝が言った。

「まったく、いよいよこの国も、白昼どんぱち大国の仲間入りらしいな。木村さん、あなたも鉢巻しませんか？」

　いざに防衛省に入っていく時にどういう言い訳でここから離れようかと考えていた梅津は反応が遅れた。

「へ？」

「鉢巻ですよ。一緒にやりませんか？」

「ああ、はい。やってみます」

　大芝にやさしく鉢巻を締めてもらった。

「とっても男前よ」奥山にほめられた。

「さて、それじゃあ盛大にシュプレヒコールを、と言いたいところですが今日はわれわれが見回り当番なんです」

梅津は眉をひそめた。「見回り当番?」

「ええ、各平和団体がローテーションで抗議活動の見回り当番をするという取り決めがあるんです。で、今日はウチが当番」

「そうなんですか」

「私たちがこうやって抗議活動をしていることに対して(反日勢力)だの(反乱分子)だの(平和カルト)だのとレッテルを貼って敵視して、いやがらせしてくるヒマ人が結構いるんです」

「……」

「はじめのうちはデモのようすを勝手に撮影してその動画をアップしてこきおろすくらいなものだったんですけど、そのうち徒党を組んで因縁をつけてきたり、遠くから物を投げつけたりするようになったんですよ。最近じゃもっとエスカレートしてきて、テントに火をつけたり、こないだなんか、ある団体のテントの中にあったお茶のポットに、洗剤を混入したんですよ」

「ええっ⁉ それ犯罪じゃないですか。警察には届けたんですか?」

「もちろん届けましたが、まともに取り合っちゃくれません。抗議活動なんかしてるからだ、と逆に説教されたそうです」

「ひどい話ですね」

「だからですね、これはもう自分たちで自衛するしかないだろうってことで、平和団体同士で話し合って、巡回パトロールをすることになったわけです。そんなわけで木村さん、私と一緒にパトロールいたしましょう」

「……わかりました」

「他の団体の人たちとも知り合えるし、楽しいですよ」

大芝は言って、ずり落ちてきた特大サイズのズボンを引っ張り上げた。自分たちのテントから外に出て歩き出す。

「怪しい人間を見つけたらどうするんですか？　声をかけるとか？」と梅津は訊いた。

「その前にまず（お前を見てるぞ）というサインを見せるんです。大抵の奴はこれで逃げていきますすよ」

「万引きみたいですね」梅津が言うと、大芝が笑った。

「確かに根っこは同じようなものかもしれませんね。でも、中には平和活動に興味があって抗議の様子を見に来たという人もいますから、そういう人には感じよく接してあげる必要があります。そういう人も、よからぬことをたくらんでいる輩も、ぱっと見の挙動は似ていますから、慎重に見極めないといけません」

「なるほど」

梅津はスマホで時間を確認した。防衛庁でのメンタルチェックテストの受付まで、あと三十分少しある。それまではこの団体のために仕事をしようと決めた。そのくらいの誠実さは自分にもある。

「おおっと」

大芝が声を発して立ち止まった。

「どうかしました？」

「さっそく怪しいのが一人」大芝が小声で言った。

「どこに？」

「さりげなく見てくださいね。今、あそこでギターを弾いて歌っている若い女の子がいるでしょ？」

「ええ」

「自称平和の使者のシンガーソングライターなんですよ。歌詞はまるっきりお花畑ですがね。ま、それはおいといて、彼女の歌を聞いているさびしそうな中年男たちの中に、がっちりとした体格でお腹が出てる男が見えますか？」

「ミリタリーキャップの男ですか？」

「ええ、あいつです。あいつ、まったく歌を聞いていない。聞くふりして後ろを気にしている」

なるほど、さりげなく観察すると大芝の言った通りだ。常に背中が緊張している。その男が腕時計を見た。

「待ち合わせでもしているのかな？　友達いそうに見えないのに」

大芝の観察眼はなかなか鋭い。確かに友達がいそうには見えない奴だ。キャップを深くかぶって顔を見られないようにしているところがますます怪しい。それにあのグレーのパーカ、体格に合っていない。

「足元に大きなスポーツバッグが置いてありますね」

梅津が気づいたことを言うと大芝が「ああ、でも体形はスポーツマンに程遠いな」と意見を述べた。

「（お前を見てるぞサイン）を送ってみますか？」

梅津は提案してみた。どうせもうしばらくはヒマなのだ。

「そうですね、私らも歌を聞くふりしてそばに行きましょう」

梅津と大芝は、若い女シンガーのオーディエンスたちに近づいていった。なぜそろいもそろって女と金に縁のなさそうな中年男なのか不思議だ。

「♪　互いをおもいやりぃ　夢を語りあいぃ　いつしか愛し合うようになっていたのぅ　空を飛ぶ鳥のよううにいいい　わたしたちは自由だあああ～」

実にどうでもいい歌だと梅津は思った。

大芝が、露骨にオーディエンスの一人一人に目線を投げつけ、目が合うとにっこりと微笑んだ。何人かは笑い返し、一人は居心地悪そうに下を向き、一人は恥ずかしいところを見られたかのように足早に立ち去った。

そして例の男は、目を合わせようとしない。また腕時計を見る。

大芝と梅津は顔を見合わせた。大芝が口の動きだけで（あやしい）と言った。梅津も同感なのでうなずいた。

「私が声掛けしてみます」大芝が小声で言った。「木村さんは、ここにいてくださいね」

「わかりました」

大芝がミリタリーキャップの男に近づいていく。大芝が小さく声をかけ、男が顔を上げた。

梅津の心臓が凍りついた。

「♪　みんなみんな笑顔がいいねえええん　みんな平和がいいよねえええ」

歌がサビにさしかかった。

その男は、あの建設現場で自分に犬をけしかけ、拳銃で撃った銃の売人だった。間違いない。なぜこんなところにいるのか。俺を追ってここまできたのか？　どうやってここを突き止めた？　俺が車に火をつけておびき寄せ殺した、あの凶悪面の男の仇をとるために執念でここまで追ってきたのか？

いや待て、落ち着け、俺。本当に、本当にあいつか？　似ている別人じゃないのか？　ああいう体形の奴はいくらでもいるし、顔だって際立った特徴があるわけでもない。

しかし恐怖で梅津の全身が小刻みに震える。

大芝と出っ腹男が小声で話している。軽い世間話をしているという雰囲気で、双方とも相手に敵意は見せていないが、かなりの緊張感が漂っている。

出っ腹男が、ぎこちない笑顔を見せた。大芝も笑顔になり、尻ポケットから平和集会のチラシを一枚抜いて出っ腹男に差し出した。男がそれを受け取る。場の空気が和やかになったのが感じられた。

やはり違ったらしい。かなり似ているが違う。よかった。

「♪　君と二人であしたを作って未来を作って　ほっぷすてっぷじゃあああんぷううう」

その歌やめろ、と梅津は心の中で言った。

平和ってのは、無意味に殺された罪のない人たちの死体の山の上に築かれるんだ。お前なんかには一生わかるまい。現実を目の当たりにしたら失禁脱糞して頭の回路をショートさせるくせに。ああ、どうして俺は自称表現者がこうも嫌いなんだ。戦争に行かされていなかったらもっと素直に楽しめたのかもしれない、いやいや、そんなことはない。

大芝が梅津の方を振り向き、親指と人差し指で輪を作りＯＫサインを見せ、笑った。梅津も引きつった笑顔を返した。

出っ腹男が、大芝の視線の先にいる梅津をとらえた。

目が合った。

実際に目が合っていたのはコンマ４秒くらいだったが、やけに長く感じられた。先に目をそらしたのは出っ腹男だった。彼は大芝に笑顔でうなずき、足元に置いてあったスポーツバッグを持ち上げ、左肩に担いだ。けっこう重たそうだ。

そして出っ腹男がバッグのジッパーを開き、右手を中に入れ、さぐる。

「♪　みんなみんな笑顔がいいよねえええん　みんなみんな平和がいいよねええええ」

女の歌声により熱がこもり、右手のコードストロークがより雑になる。

「さ、パトロールを続けましょう」

大芝が梅津に近づいてきて笑顔で言う。

「あいつだあいつ！」

「古東いたぞおっ！」

梅津の立っている位置から10時の方角で男の声が二つあがった。その声が、出っ腹男のディスコネクトスイッチを押したらしかった。全身からものすごい殺気が爆発的に放出された。

やっぱりあいつだったんだ！　今度こそ間違いない、あいつだ。

出っ腹男が背中から引き抜いた右手には、サプレッサー付きの9ミリグロックが握られていた。

刃物を持った二人の若い男が、古東と呼ばれた出っ腹男めがけて突っ込んでいく。この二人の若造もまたすさまじく殺気立っていた。

古東がグロックを片手保持で一発撃った。驚くほど小さく短い銃声だった。イジェクトされた薬莢が勢い良く飛び、シンガーの女の子の顔に当たった。

「あっちいいいいいい！」

シンガー娘が絶叫して真後ろに倒れ、尻餅をついた。アコースティックギターが、がごおん！　と耳障りな音を響かせた。

グロックから放たれた9ミリ弾は突進してきた二人の内の片方の首をヒットした。撃たれた若造は死んでからもう二歩走り続け、座り込んでシュプレヒコールの練習をしている団体の輪の中にもろに転がり込んだ。

もう一人の暗殺者はそのまま勢いを失わず突っ込んでくる。古東が左手を添えて、よりしっかりとグロックを構えてまた撃った。若造の右目が弾け、弾は後頭部から抜け、でっかい穴を作って脳みそを飛び散らせながら盗塁のように地面に滑り込んだ。

四方で悲鳴が上がった。古東が、今度は梅津に銃口を向けた。

時間が凍りついた。狙いの定まった銃口はまったくブレない。

あいつは、さっき目が合った瞬間に確信していたのだ。俺こそが犬を殺した宿敵だと。

大芝が梅津に飛びかかった。大芝の肩の肉が弾けた。梅津は大芝の体重を支えられず真後ろに倒れた。

「古東だあっ！」「殺れっ！」「こっちだぞおお！」

邪魔が入った。ベーコンとハムを殺した宿敵の上には大芝という、平和集会のチラシを押しつけた巨漢がのしかかっていてうまく狙えない。大芝を撃てば貫通した弾があいつの体に食い込むだろうか。やってみよう。

3時の方角から、ウケ狙いのカツラなのかと思うほど額の狭い不死鳥日本構成員が、日本刀を手に絶叫しながら切りかかってきた。そいつが古東に撃ち倒された男の胴体を踏み台にして飛んだ。

古東には狙いをつけるわずかな猶予もなかった。敵はすでに刀を振り上げて、低いながらも宙を飛んでいた。

右手に握ったグロックのトリガーガードで、振り下ろされた日本刀と敵の全体重を受け止めた。まともに食らっていたら頭の上半分が切り落とされていたろう。両者の力が拮抗する。古東は左足で敵の右足脛を刺すように鋭く蹴り、敵が体勢をくずしたところで横に逃げて距離を取った。敵は転びかけたが咄嗟に刀の切っ先を地面について体を支えると怪鳥のような奇声を発して、涎の糸をなびかせながらまた刀を振り上げる。

目が合った。今度は狙える。古東は落ち着いてそいつの口に一発撃ち込んだ。弾が舌に食い込み、舌がチューインガムのように膨れ上がって爆発した。

「ざまあみやがれ」と古東が吐き捨てた瞬間に額の狭すぎるその男は背中側に刀を落とし、破裂した舌から肉片と鮮血を撒き散らしつつ顔から地面に倒れた。

右腕の肘と付け根にかなりのダメージをうけた。左の掌で肘を押さえつつ、もう一度銃口を宿敵に向けようとしたが、今度は車が突っ込んできた。

いちいち邪魔するなっ！

防衛省出張所前で異常な騒ぎが起きていた。銃声と悲鳴と泣き声と怒声と奇声が一緒くたになってハリケーン・カトリーナのように渦巻いている。

露天商や抗議集会に参加していた一般人たちが全速力で、みな一様に恐怖にひきつった顔で逃げていく。その中にはギターを抱えた女の子や、商売道具の鉄板をヘルメット代わりに頭に乗せたおやじもいた。

あの銃撃犯だ、久米野は確信した。小桜の推測が的中したのだ。

「ここにいるんだ。応援を１００人要請しろ。特殊部隊もだ」久米野は拳銃を抜いて小桜に言うと、ドアを開けた。

「警部っ、トランクに防弾ベストが入っているから着てください！」

「時間がない」と久米野は左足を地面に下ろした。

「警部っ！　だめです！」

小桜の怒鳴り声が鼓膜に突き刺さった。久米野が一瞬気おされるほどの恐ろしい顔と声だった。この若い娘の隠されていた一面を垣間見た気がした。

「死にたいんですかっ！」

思わず後ずさってしまうほど恐ろしい形相で脅された。まるで一瞬で階級が入れ替わったみたいだ。

「わかったよ、開けてくれ」

久米野はトランクに回りこんでカバーをあけ、前と後ろにＰＯＬＩＣＥと大書されている黒い防弾ベストをはおり、カバーを閉じると駆け出した。小桜に怒鳴られたせいでまだ心臓が暴れている。

意外と怖い女だ。注意しよう。


大芝の肩からどくどくと血があふれている。

「大芝さん、どうして」梅津は訊かずにいられなかった。

「わからない、なんか咄嗟に……」

大芝は言って、哀しげな笑みを浮かべた。

梅津は鉢巻をむしりとって、それで大芝の銃創を強く圧迫した。

武装した古東に正体不明の狂気の男たちが次々と襲いかかっては撃ち殺される。なんらかの粗悪なアッパー系薬物を摂取していたに違いない。

黒いワゴン車が、平和活動家の人々を蹴散らし、テーブルやテントや焼きそばの屋台などを破壊してなぎ倒しながら、古東めがけて突っ込んでいく。ひき殺すつもりなのだ。

古東がグロックをベルトに差し、バッグからより大きな銃を取り出した。マットブラックのM1014ショットガンだ。チベットでチャベス軍曹が肌身離さず持ち歩いていたものだ。梅津も訓練で撃ち方を教わったし、戦地でも何度か撃ったことがある。撃ったのは味方の死体にたかっているハゲタカだったが。

古東が右膝をついて、猛烈な勢いで撃ち始めた。二発がフロントグラスに穴を開ける。ワゴンはなおも勢いを失わず突っ込んでくる。

さらに二発フロントグラスに撃ち込み、それからタイヤを狙ってさらに二発撃つ。両者の距離はもう五メートルもない。

接触寸前で古東は横に飛んでワゴンを避けた。制御できる者のいなくなったワゴンはなおも走り続ける。

久米野に向かって、左前輪のパンクしたワゴン車が突っ込んできた。割れたフロントグラスの向こうにぱっくりと弾けた赤黒い肉塊と脂肪の塊がたくさん見えた。

「シット！」

久米野は戦地で覚えてしまった英語の悪態をついて、あわてて真横に逃げた。ワゴン車は呆然として動けなくなっていた平和活動家の初老の男をどかんと撥ね飛ばしてから止まった。男が手に持っていた杖が飛び、平和集会のチラシの束がはらはらと宙を舞った。

久米野は男に駆け寄って脈を見た。まだ死んでいないが、危篤だ。

二人のすぐそばを、今度はオリーブグリーンの車体に真っ赤な字で**不死鳥日本降臨**と大書された六輪装甲トラックが、勇ましくも馬鹿馬鹿しい戦意高揚音楽を大音量で垂れ流しながら走り過ぎていった。

溶接工が数人がかりで補強パーツをたくさんくっつけて自衛隊の73式大型トラックに似せようとしてやや失敗したような、みるからにDIY風で、とても車検を通るとは思えないグロテスクな車体だ。ルーフに取り付けてあるものは銃座のつもりか？

トラックの荷台には10人以上が乗っていて、久米野はその中にAKライフルを持った者を二人視認した。

「すぐ戻る」

久米野は負傷した男に言い、トラックを追って駆け出した。駆け出したらすぐに男のことは忘れてしまった。

「立てっ、手を上げろ」

殺気で目を吊り上げ駆けてきた古東が梅津にショットガンを向け、命令した。この状況では従うほかなかった。梅津をかばって弾を受けた大芝はぐったりとして目を閉じている。一刻も早い治療が必要だ。

駆け寄った古東が梅津の髪の毛を掴んで「一緒に来い、犬殺しが！」と吐き捨てた。

「お前がけしかけたからだ！」

無駄と知りつつ、梅津は言い訳した。

自動小銃の銃声が轟き、ピシピシッという音を立てて二人の足元でコンクリートが弾けた。続いて数発が頭の上や顔の横を掠めた。

今度は車高が3メートル近くもある装甲トラックが突っ込んできた。そのルーフに設置されたいびつな銃座からAKライフルで撃ってくる奴がいる。

梅津は生まれてからこんなに早く動いたことはないというくらい素早く古東のベルトに差してあるグロックを引き抜いた。不覚をとった古東が凍りつく。

しかし梅津は古東ではなく、突っ込んでくる装甲車のルーフの上の射手を狙った。

「クリーンショットを決めろ、ウメヅ」

あの時のチャベス軍曹の声が、耳のすぐ傍で聞こえた。

「いいか、今度こそ決めろ！」

実際には言っていない声まで聞こえた。なんと、今、彼は梅津の右隣に立っていた。

「そうだウメヅ、俺のために当てろ！」

ミスショットで撃ち殺してしまったミクマルの声もはっきりと聞こえた。左隣に立って、顔を寄せてくる。頬には梅津のミスショットで抉られた穴が開いている。

お前に当てちまって本当に悪かったよ、許してくれミクマル！

「そんなこともういいから、あの野郎の頭を撃てっ！」ミクマルが怒鳴った。

「そうだそうだ、殺れっ！」

自らの不注意と怠惰で命を落としたコメディリリーフのクーパーも梅津の真ん前に座り込んで応援する。相変わらず首から上がない。

「梅津君、落ち着いて撃てば大丈夫。君ならできる」

背後に立った予備自衛官の勝野さんもそっと梅津の尻に手を当て、言った。

そして小林もいる。斜め上空に浮かんで、菩薩さまのような顔で俺を見ている。何も言わないが、俺の射撃の腕を信じてじっと見守っている。

梅津は両手保持で続けざまに5発撃った。そのうちの一発が射手の顔の左半分をごっそりと吹き飛ばした。射手は銃座からずるっと滑り落ち、地面に激突して潰れ、何度も転がった。地面に飛び散った肉片と脳みそに鳩がさっそく群がる。

古東も装甲車のフロントグラスを一発撃ったが、防弾仕様だったために弾は弾き返された。

「くそっ、ひき潰されるぞ！」古東が怒鳴った。

二人は同じ方角へ逃げた。そうしようと示し合わせたわけではないのに。

梅津と古東が向かっている防衛省出張所の門には、新型の5・56ミリ自動小銃を携えた自衛官がずらっと整列しているのが見えた。門の内側の鉄塔の上から狙撃銃で狙っている者もいる。外でどんな騒乱が起きてどれほど国民が死んでいようが我関せず、省内の平安を維持するためだ。

車首を急転換させた装甲車がタイヤを軋ませてなおも迫ってくる。バナナチョコレートの露店を破壊して踏み潰す。売り物の腐りかけバナナのせいで後輪が流れたがすぐにまっすぐに戻りさらに加速する。

古東と梅津は体育祭の金メダルと憧れのミスコン女王のキスをかけて競うかのように突っ走った。目が血走って吊りあがり、歯茎が剥かれる。心臓は口から飛び出しかけている。

まず古東が走りながらショットガンを捨て、両手を高々と上げて門の向こうの自衛官たちに叫んだ。

「テストを受けにきたあああ！　俺は帰還兵の古東だああ！」

それは全身全霊を懸けた叫びだった。

梅津は息を呑んだ。

こいつも俺と同じく、日本から逃げるためにまたチベットに行くつもりなのだ。それしか生き延びる手段がないのだ。

梅津もグロックを捨てて両手を高く上げた。

「俺も帰還兵だああっ」梅津も泣き声交じりに叫んだ。「梅津だあっ、テストを受けさせてくれえええっ！」

重厚な門が開いて、二人の帰還兵を受け入れようとしている。もはやキリスト教会よりも心が広い。

装甲車が急停止して、荷台からＡＫライフルや二連式散弾銃や長い刃物で武装した男たちが次々飛び降り、怒声や奇声を上げて梅津たちを追いかけてくる。まるで武器を持って走るゾンビのようだ。

銃を捨てたことを一瞬後悔したがもう遅い。

急に方向転換した装甲車を追いかけつつ、久米野は荷台に乗っている男たちに拳銃を向け怒鳴った。

「警察だっ、銃を捨てろ！」

しかし、男たちは聞こえていないか無視している。腕に注射器をぶっ刺してまさに覚せい剤注入中のバカもいた。拳銃の弾を撃ちつくして全員を射殺してやろうかという戦争的思考が頭をもたげたが、刑事であることを思い出し、押さえ込んだ。

心臓が悲鳴を上げ、足が重くなり、だんだん車との距離が開いていく。

「畜生、止まれ」

するとその言葉が聞こえたかのように防衛省出張所の門の20メートルほど手前で装甲車が急停止し、武装した男たちが怒声や奇声を上げて飛び降り、門に向かって走り出した。

連中の先には、銃を持った二人の男が見えた。しかし、二人の男たちは相次いで銃を捨てて両手を高く上げ、「テストを受けにきたああああ！　俺は帰還兵の古東だああ！」とか「俺も帰還兵だあああっ、梅津だああっテストを受けさせてくれええっ！」などと叫んだ。

不死鳥日本の武装構成員たちはあの二人の帰還兵を狩り殺そうとしている。両者の距離はもう10ｍもない。四、五秒後には新たな殺戮が始まる。

しかし不死鳥日本の戦闘員たちの針路に、突然真横から大きな黒いセダンが突っ込んできて急停止した。

構成員たちの何人かは止まれずにセダンの側面に激突した。

大きな黒いセダンは、小桜が運転しているゼロクラウンの覆面パトカーだった。小桜が運転席のドアを開けて外に飛び出し、ボンネットを遮蔽物にして男たちに銃を向け、よく通る声で怒鳴った。

「警察だっ、全員武器を捨てろ！　捨てないと撃つぞっ！」

男たちの動きが鈍かったので、小桜が一人の右肩を撃って本気を示した。すると二連式散弾銃を持った構成員が、銃口を持ち上げて小桜に向けるのが見えた。

久米野とそいつの距離は18メートルほどだった。久米野は前頭葉をディスコネクトした。右膝を地面について腰を落とし、脇を締め、散弾銃の男に警告もせずに背中を狙って三発撃った。

一発目は的を外したが別の奴の背中に当たり、二発目は狙い通り散弾銃の男の背中に当たり、三発目は延髄に当たって頭をぱあん！　と弾けさせた。

散弾銃の男は横ざまに倒れながら残った最後の力で引き金を絞り、発射された鳥撃ち弾は仲間の構成員二人の頭部をスイカのように破壊して安い地獄への道中の連れにした。

それを見て、構成員たちが次々と武器を捨てた。

そして今頃やっとという感じで、増援の警官たちが四方からどっと駆けつけた。その中に最近導入されたばかりのロボット警察犬も混じっていた。警官たちは投降した構成員たちに次々と手錠をかけ、ついでにブーツで頭や睾丸を蹴飛ばす。ロボット警察犬たちは頭を地面すれすれにまで低くして速やかに負傷者と死者を探し、同時に地面に落ちている武器をくわえて回収していく。

久米野は立ち上がり、小桜のほうに向かって走った。小桜が気づいて、うなずいた。やけに凛々しい顔だった。

その彼女の背後で、防衛省出張所の門が閉まる。

「待てえっ！」久米野は声の限り叫んだ。

梅津と古東が門から中に転げこむと、すみやかに門が閉じられた。二人ともしばらく立てずに喉からひゅうひゅうと下手な笛のような音を漏らす。

そのさまを制服自衛官たちが冷ややかな目で見ている。しかし少なくとも追い出そうとはしていない。

「警察だ、その二人の男をこっちに引き渡せ」

閉じられた門の向こうで男の声がした。

梅津が顔を上げると、拳銃を持って防弾ベストを着た男女二人の刑事が立っていた。

「俺は岡地町署刑事課の久米野警部だ。この二人は、殺人事件の容疑者なんだ」

汗だくになった男の刑事が言う。今にも倒れそうなほど疲れているのがわかる。

「銃火器の不法所持および使用も」と若い女刑事がつけくわえ、それから「小桜警部補です。同じく岡地町署です」と名乗った。

制服の自衛官たちが目配せし、もっとも階級の高そうな髪の艶々と黒い中年男が一歩前に出て、刑事たちにむかって訊いた。

「私は上条一等陸佐だ。この二人に逮捕状が出ているのか?」

「それはまだだ」久米野という刑事が答える。

上条一等陸佐が、両手を腰の後ろで組み、言った。

「ということは、まだ容疑が充分に固まっていない一般市民というわけだな」

「あなたがたも、その二人が発砲したのを見たはずです」小桜と名乗った女刑事が言った。

「いや、見ていないが？」

上条一等陸佐が言った。あきらかにとぼけている。久米野刑事と小桜刑事が顔を見合わせた。

「俺はチベットで再び戦うためにメンタルチェックテストを受けに来た。テストを受ける権利がある」古東が言い、そばにいた若い自衛官に肩を借りて立ち上がった。そして「こいつもそうだ」と梅津を指した。

「お二人には拳銃をしまっていただきたい。無用な緊張を招く」

一等陸佐が言い、久米野と小桜は拳銃をホルスターにおさめた。二人とも怒りで顔が引きつっている。

久米野警部が訊く。

「そのメンタルチェックテストとやらをパスできなかったら、二人とも追い出されるわけだな？」

久米野はそれに望みをかけている。

「まぁ、追い出すというか、お帰りいただくことになる」上条一等陸佐が答えた。

「じゃあ待たせてもらう。ここで」久米野が言った。

「それはあなたがたの自由です」

「おい、梅津」

久米野刑事が呼んだ。梅津は振り返り、彼を見た。

「お前がパスするわけないさ」久米野が言った。「それから出っ腹、お前もだ。お前らみたいなイカレ野郎が戦争に参加したら、アメリカもチベットも迷惑する」

古東が黙って、彼に中指を突きたてた。

◆

梅津と古東は引き離され、それぞれ別室でメンタルチェックテストを受けた。

まず１００を超える質問項目のすべてに、「まったくちがう」から「まったくその通りだ」の五段階のいずれかにチェックを入れる。

その後は精神科医との面接である。

梅津を担当した精神科医は60歳くらいの初老の女性だった。白衣ではなく、オレンジ色に大きな白の花柄の60ｓビンテージワンピースという服装だった。そして両手に合計四つのベネチアンガラスの大きな指輪をはめていて、精神科医というより、老いてなお現役で20歳くらい年下の恋人がいそうな有名服飾デザイナーといった雰囲気だ。

彼女は梅津を見るなり「まぁ、徹夜でどんちゃん騒ぎしてたのね」とちょっと軽蔑するように言った。

面接はほとんど世間話のような軽いもので、戦争体験についてはなにひとつ訊かれなかった。こんなのでいかれているかどうかわかるものなのかと不思議に思った。だが、相手は素人ではない。細かいところまでしっかり観察分析されているのだろう。

面接の途中で梅津のスマホが鳴り出し、ぎくりとした。

「すみません、電源切るの忘れてました」梅津が謝ると女性医師は「出てもかまわないわよ、面接はもう終わったから」と軽い感じで言った。そして「気楽にね」と梅津の肩をぽんとたたいて出て行った。

スマホの画面を見ると、あの大芝からだった。

「もしもし大芝さん⁉　怪我は？」

―おかげさまで、こうして生きてあなたに電話できてますよ。

「大芝さんは、俺の命の恩人です。それなのに、俺はあなたたちをだまして、利用していたんです。名前も木村じゃありません、梅津です」

梅津は一気に話した。話し終えると、大芝が言った。

―梅津さん、つまりあなたこそ、戦争の被害者なんです。

梅津は言葉に詰まった。泣き声がでそうになるのを懸命に押しとどめる。

—本当に、また行くんですか？

優しい声で大芝が訊いた。

「はい。あと一週間、いや、三日早く大芝さんに会えていたら、きっとこんなことにはなっていなかったと思います」梅津は言って、鼻をすすりあげた。

—私もそう思います。運命は時にあまりにも残酷です。ですが、助け合うことで乗り越えられる場面もたくさんあります。ですから梅津さんはどうか絶望しないでくださいね。というわけで、私はこれから弾丸摘出のために全身麻酔されてしまいますので、しばらく電話できません。

「え、これからだったんですか？」

—なにせ運び込まれた病院が野戦病院なみに混乱してるので、だいぶ待たされました。それではまた、いつかどこかでお会いしましょう。フォースがあなたとともにありますように。

通話が切れた。

◆

「四人撃ち殺しました。それから、ええっと、次の日になって防衛省に行くまでの道

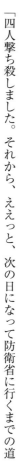

のりで襲撃されないようカムフラージュが必要だと思って、デートクラブで女を借りました。二人連れなら敵やサツの目をごまかせるんじゃないかと思って。女の名前は……ええっと、忘れました。でもそれがすごく変な女で……といっても覚えているのはあいつが頭を撃たれて、あいつの頭蓋骨の破片が俺の顔に飛んできて唇に当たったことだけです」

「ふむ」と精神科医はうなずいた。

精神科医は50年代のイギリス製怪奇映画に出まくっていたピーター・カッシングのような細面の知的な容貌だった。ただし服装はグリーンのラコステのポロシャツに七分丈のキャロウェイのゴルフパンツである。靴はスピングルムーヴの軽快な白のスニーカーだ。

「まず二人殺して、そのあと車に乗った連中が襲ってきたんで、マシンガンで四人殺しました。なんてこった、もう10人殺している。死刑間違いなしじゃないですか、俺」

「うん、まぁそうだね」と精神科医は言った。

「梅津を撃とうとしたら、不死鳥日本の馬鹿が襲ってきたんで、撃ち殺しました。あとはもう、何人殺したか、たぶん15人くらいでしょうか。おかしいな、そんなに簡単に殺せるなんて。あいつらがしつこいからいけないんですよ。それにあいつら変なドラッグやって狂ってましたよ、目がまともな人間のそれじゃなかった。もっとまともな目をしていたら俺だってあんなにぶっぱなしたりしなかった」

「ふむふむ」

「先生、俺はチベットでは一人も殺さなかった。本当ですよ。それどころか小動物一匹さえ傷つけなかった」

取りつかれたように話し続け、話すことがなくなるとコップの水を一息に飲み干し、古東は医師に向かって単刀直入に訊いた。

「で、先生。率直に言って、俺はいかれてるんでしょうか?」

医師は椅子を30度回し、古東にまっすぐ向くと、重くも軽くもない声で言った。

「率直に言って、私は君がいかれているとは思っていない」

「ほんとですか?」

医師はうなずき、さらに続けた。

「私は、このセッションを通じて、ふたつの事実が浮かび上がったと思っているところだ」

「ふたつの事実、ですか?」

「そう。つまり、ひとつめは君にとってはこの日本という国こそが戦場であり、ふたつめは、この国の社会こそがイカレているということだ」

「先生！　なんてこった、先生のおっしゃるとおりですよ！　やっとわかってくれる人が現れた」古東は目を潤ませ言った。

「これで面接は終わりだ」

医師は組んでいた長い足をほどいて立ち上がり、出て行く間際に古東の肩をぽんと叩いて言った。

「気楽にな」

◆

部屋の窓からあの二人の刑事の乗ったクラウンの覆面パトカーが見える。その背後には数十台のパトカーと救急車と消防車、それに無数の警察官と救急隊員が忙しく動き回っているさまがぼんやりと見える。そして頭上を複数のヘリコプターが旋回している。徴兵について報道しない日本のメディアも、この事件は報道するつもりらしい。

一時間経ったが、テストの結果はまだわからない。

パスできなかったのだろうか。その場合は入った門から丁重に追い出されて、刑事に手錠をかけられて末は刑務所もしくは閉鎖精神病院だ。それならいっそ死んだ方がましだ。自衛官に拳銃を貸してもらえるだろうか。

胃が痛い。背骨が痛い。膝の皿が痛い。冷や汗が出る。眼球が乾く。吐き気もひどい。脳の血管が破れそうだ。

「頼む」梅津は必死に祈った。

「お願いだ、俺を社会に戻さないでくれ。頼むから……戻さないでくれ、うまくやっていけないいんだ、この社会では。がんばってもダメなんだ。みんなが冷たくて、みんなが因縁つけてくるんだ。お願いだから……」

「梅津さん、テスト合格ですう」

いきなりノックもなしにドアが開いて、若い女性自衛官が実に軽い口調で言った。

「ほ、ほんと？」梅津の声が裏返った。「俺は、まともなんだ？」

「はい。次は健康診断です」

女性自衛官が言って、にっこり笑った。

「そっちは自信ある」と梅津は言った。

◆

15時15分。門が開いて、オリーブグリーンの装甲バスがゆっくりと出てきた。

久米野と小桜はシートから頭を起こした。

「まさか、あの野郎」久米野は唸るように言った。

「メンタルチェック、問題なかったんですかね、二人とも」小桜も納得がいかないようだ。

「そんな馬鹿な」

久米野はドアを開けて外に出て、バスに駆け寄った。すると、側面の窓が開いて梅津がひょいと顔を出した。細かい鉄格子の向こうで見下すような面をしていた。

「チベットに行くのか？」久米野が早足かつ大股でバスを追いかけながら訊くと、梅津が答えた。

「行くよ、さよなら」

お前のようなつまらない人間の相手をしているほどこっちはひまじゃないとでも言わんばかりだ。

「古東はどうした、奴もいるのか？」

すると梅津のひとつ後ろの窓が開いて、今度は古東が顔を出した。やはり見下すような面だ。

「きさまら……」

久米野はバスによじ登ってふたりを引き摺り下ろしたかった。

「あんたになに言っても無駄だろうが、俺は気の狂った暴力組織に命を狙われて、追い詰められて殺されそうになって、自分の身を守っただけだ」古東が言った。そしてと「こいつもな」と梅津を指差した。

「殺人に時効はないぞ」久米野は教えてやった。「生きて帰国したらその日に逮捕してやる。いや、死んでバラバラになっていてもだ」

梅津と古東が顔を見合わせ、冷たく笑った。

バスのスピードが上がり、走っても追いつけなくなってきた。二人の殺人犯が、自衛隊に守られて遠くなっていく。

久米野は立ち止まり、深呼吸して、それから遠ざかっていくバスに向かって怒鳴った。

「俺も帰還兵だこのバカ野郎おおおおおっ！」

あいつらに聞こえたかどうかはわからない。それから梅津に向かって、絶対聞こえないであろう声で言った。「お前のケニー・バレルのCD、パクッてやったからな」

「久米野警部っ」パトカーから小桜が呼んだ。「宮脇警視から緊急連絡です」

久米野はくたびれた体に鞭打って覆面パトカーに走って戻った。そういえば、周囲がさっきより騒がしい。近くで新たな大事件でも起きたのか？

—久米野、小桜、心して聞けよ。大変な事件が起きた。

スピーカーから聞こえる宮脇課長の声は、切羽詰っているように思えた。

—今から20分ほど前に、福岡市内で核爆発が起きた。

久米野と小桜は顔を見合わせた。

「原発事故ですか？」久米野は訊いた。

—いや、キャリーケースに入った小型の核爆弾らしい。

「なんですって？」久米野は声をうわずらせ、小桜は口元を手で覆った。

—200名ほどが爆発で死んで、さらに増え続けている。どえらいことになった。

久米野に言わせれば、どえらいどころではない。国家の土台が揺らいでいる。

「チベット戦争と関係があるんですか？」

—まだ犯行声明がどこからもないのでわからんが、可能性は大いにある。おそらく、というか間違いなく非常事態宣言が発令されて、東京も厳戒態勢に入るはずだ。お前たち二人ともすぐに署に戻って拳銃を返却し、家に帰って寝ろ。明日から下手すると二、三ヶ月家に帰れないかもしれないぞ。

「課長、例の帰還兵の梅津の件ですが、あいつはチベットにまた行ってしまいました。自衛隊に守られて手が出せません」

その苦い報告に、課長がため息をついて言った。

—どうでもいい。そんな小さな事件は忘れろ。とにかくご苦労さん。

いや、ちっとも「小さな事件」ではないのだが……。

交信が終わると、小桜が久米野に訊いた。

「警部、九州にご家族や親戚は？」

「いや、いない。お前は？」

「幸い、私もいません」

「なんてこった」久米野は両手を額に当ててゆっくりと回した。「日本はどうなっちまうんだ」

「とにかく、帰りましょう」

小桜が言い、エンジンをかけた。アクセルにかかった小桜のスニーカーを見て、久米野は言った。「今日は５８７だったんだな」

小桜が微笑んだ。

久米野は上着のポケットからひび割れたＣＤケースを取り出して開き、ディスクをカーコンポのプレイヤーにセットした。

「いつもＣＤを持ち歩いてるんですか？」小桜が訊く。

「パクッた」

「今度万引きしたくなった時は、私に言ってくださいね」小桜は前方に目を据えたまま言った。

「見張りでもやってくれるのか？」

にやけ顔で久米野が問うと、小桜は答えた。

「いいえ、警部の手を撃ちます」

◆

梅津と古東と、その他8名のチベット行き決定者は防衛庁の所有する宿泊施設に向かうため中型の兵員輸送ヘリコプターに乗せられた。椅子のすわり心地はお世辞にも良いとはいえない。

これで日本の厄介事とはおさらばできる。もちろん帰国すれば逮捕されるかもしれないが、先のことなど知ったことか。それよりも、今カタをつけておくべき問題が目の前にある。古東だ。

「なあ……」

梅津が声をかけると、古東が振り向いた。医師に薬を処方されたからなのか、落ち着いた顔をしている。

「犬のことだが……」

「ベーコンとハムだ」古東が言った。

「それが、あの二頭の名前なのか」

古東がうなずき、瞬きもせずじっと梅津を見つめる。

「本当に、悪かった。殺したくはなかったんだ、俺は。追いかけられて、飛びかかられて、頭で考えるよりも先に、体が動いてしまったんだ」

梅津は引きつった喉からなんとか声を絞りだした。

「ディスコネクトか？」古東が訊いた。

「ああ……スイッチが入った。死にたくなかったんだ」と梅津は正直に言った。

「いいさ」古東が言った。「お前も訓練された兵隊なんだからな。間違っていたのは、俺だ」

今度は梅津が古東をじっと見つめた。

「大切な家族を、ボディーガードがわりにして犯罪取引に連れて行ったのは俺だ。飼い主として、間違った行動だ。もう二度と犬は飼わない。俺に犬を飼う資格はない」

梅津は返す言葉が見つからなかった。

「だからもう、気にするな」古東が言った。「それより、お前は俺から拳銃を奪っても俺を撃たずに不死鳥日本の兵隊を撃った。なぜだ？」

「……わからない」

梅津は正直に答えた。

「わからないか？」古東はにやりと笑った。「まぁ、わからなくても俺は今、こうしてまだ生きてる。ありがとうよ」

礼を言われ、梅津は小さく肩をすくめた。

ヘリコプターのローターが回転し始めた。


離陸して西に向かって飛び始めた数分後に、梅津たちは福岡市内で核爆発が起きたことを同乗した自衛官から知らされた。

全員の顔から血の気が引いた。

「君たちのチベット行きも予定変更があるかもしれない」自衛官は言った。そして「なんてことだ」と額に手を当ててうつむいた。涙ぐんだのだ。

他の搭乗者たちも泣き出したり十字を切って祈ったり、過呼吸を起こしたり、膝の間に嘔吐したりした。

古東が梅津に顔を寄せてきて、大声で言った。

「こりゃ下手すると、福岡に乗り込んで放射能防護服を着てテロリストと戦えなんて言われるかもな」

「冗談じゃない」梅津は即座に言い返した。「チベットのほうがいい。空気が綺麗だ」

「その冗談じゃないことが、現実になるかもだ」

古東が言い、気味の悪い笑みを浮かべた。

自衛隊のジェット戦闘機の編隊が飛び去っていくのが窓から見えた。今度はこの国が戦場になるのだろうか、と梅津は思った。もしもそうなったら、俺や古東のような男たちを戦場に送ることに反対しなかったどころか「国が決めたことなんだからさっさと行け！」なんてほざいた奴らとか「ホントは徴兵とかどうでもよくてこのネタツイートであたしのフォロワー数が増えるってことがなによりも大事なのよ」とフォロワー乞食している奴らが毒ガスやら劣化ウランやらプルトニウムで10万、いや100万単位で殺されることになるかもしれない。

「そりゃいいいや！」

◆

「なんだか信じられないな、帰国できるなんて」シートベルトを装着した小林が言った。「夢みたいだ、本当に、生きて日本に帰れるんだ」

「ああ、まったく夢みたいだよな」梅津も言った。「でも、日本の飛行場に着陸するまでは安心できないぞ。チベットの上空で撃墜されるかもしれない」

もはや楽観などこれっぽっちもできなくなっていた。楽観するには仲間の死を見すぎていた。

「結局、人民解放軍とは一度も遭遇しなかったな」小林が不可解そうに言った。「もしかして、はじめからいなかったんじゃないのか?」

そう、それはこの戦争の最大の謎だ。後世の歴史研究家たちの格好の研究材料になるだろう。

「そうかもしれない。でも、もう終わったんだからどうでもいいさ」

「そうだな、俺たち、生き延びられたんだな」小林が、しんみりと言った。

「ああ、どうやらな」

「仲間が、たくさん死んだのにな」

ミクマルや、クーパーや、勝野の顔が浮かんだ。いや、勝野は死んでいない。死ぬよりひどいありさまになって日本へ送り返されたのだ。帰国したら見舞いに行こうとは思っているが、変わり果てた彼の姿を見るのが怖い。直視する勇気がない。見たら号泣してしまうだろう。

「小林、お前まさか自分が生き残ったことにやましさを感じてるのか?」

梅津は、そんなこと感じたくなかった。そして近くに座っている引率担当の米兵に聞こえないよう、声をひそめて言った。

「俺はやましさなんて感じない。感じるもんか。こんな戦争に、命を捨てる価値なんてこれっぽっちもないんだぞ。1ミリグラムたりともな。俺には、はっきりわかったんだ。この戦争は二大国によるチベットの地下資源の醜い奪い合いだ。たとえ戦争に勝ったところで、国際社会で優位を保っていられるのはせいぜい三年だ。どうせすぐに次の技術革新の波が、思ってもみなかったところで起きて、あっという間に勢力地図は塗り替えられる。まったく、ばかばかしいにもほどがある」

それはこの一年で死んでいった仲間や、まだ戦場に残っている仲間たちの戦争分析の受け売りだった。それが本当かどうかなんて、自分には確かめようがない。

「俺だって同じ気持だよ。でも……妙な感じだ」小林が大きな謎に直面したような顔で言った。

「ああ、確かに妙だよな。うまく言葉にできないけど」

「なあ、梅津」

「ん？」

「俺、実を言うとちょっと文才があるんだ。帰国したら、この奇妙で残酷な戦争体験を本にして出版するか、ＳＮＳで発信するよ」

重大な決意を穏やかな口調で打ち明けられた梅津は、一呼吸置いてから言った。

「小林、くさすつもりはないけど、その手の反戦活動は大手メディアはまず取り上げないし、当局に監視されると思うぞ」

それは悲観論ではなく、事実だ。梅津たちが戦争に取られる前から日本はそういう状況だった。

「監視されても構わない」小林は言った。

「本気か？　場合によっちゃ逮捕されるかもしれないぞ。理由なんかなんでもありだ。ある日突然、会ったこともない女からレイプされたと訴えられるかもしれない。家宅捜索されて覚せい剤０・３グラムの入ったビニール袋がクローゼットの中から見つかるかもしれない」

「それでも、俺のこの戦争体験は大勢の人と共有されるべきだ。埋もれさせちゃいけないんだよ」

「小林……」

「そう思わないか？　徴兵制度がいよいよ決まって動き出したときも、ごく一部の日本人を除いてぜんぜん関心を示さなかった。大変なことが起きているのに、みんな目の前のくだらないゴシップにしか目を向けなかった。今だってそうだろうけど」

小林は使命感に燃えている。

なんてことだ、俺は一年間無意味な殺戮に放り込まれ、燃え尽きてカスになったというのに、同じ部隊に配属されて同じ殺戮をくぐり抜けたこいつは新たに燃え上がっている。

「脅すつもりはないけど、そういうことをすれば現実を見たくない世間の連中に叩きまくられるかもしれないぞ」

「覚悟はできてるよ。俺は一人でもやるが、もしよかったら一緒にやらないか？」

「俺は……」

梅津は言葉を探し、けっきょくありきたりな言葉しか出てこなかった。

「帰ったら静かに暮らしたい。他人から注目されたくないんだ。戦争帰還兵だってことを、知られたくないんだ」

「……そうか。俺だって注目されたくてやるんじゃないぜ」

「それはよくわかっている。伝えたいことがあるからだろう？」

「ああ、そうだ」

小林が力強くうなずいた。

「なら、思い切りやればいいのさ」梅津は言って、小林の肩を叩いた。「これからは自由なんだから」

輸送機が滑走路上をゆっくりと動き出した。

どうか無事に離陸できますように。撃墜されずにチベットを抜けられますように。そして無事に日本に戻れたなら、もう二度と誰とも、たとえ些細なことでも争わずに済みますように。

梅津は自分でも信じているのかどうかわからない神に祈った。

本作品は当文庫のための書き下ろしです。

本作品はフィクションであり、実在の個人・団体などとは一切関係ありません。

文芸社文庫

あいつは戦争がえり

二〇一七年十月十五日　初版第一刷発行

著　者　戸梶圭太
発行者　瓜谷綱延
発行所　株式会社　文芸社
〒一六〇-〇〇二二
東京都新宿区新宿一-一〇-一
電話　〇三-五三六九-三〇六〇（代表）
〇三-五三六九-二二九九（販売）

印刷所　図書印刷株式会社
装幀者　三村淳

ISBN978-4-286-19169-0